모든 것이 그대에게 달렸다

모든 것이
그대에게 달렸다

찌가 콩튈 린포체 지음 | 장은재 옮김

맛있는책

이 책을 모든 어머니 중생의 깨달음에 바친다.

이 책을 오랜 세월 이어온 지혜의 전통과 그 법맥을 이은 사람들에게 바친다.

지혜와 자비에서 비롯된 평화가 온 세상에 가득하기를…

내가 처음 콩튈 린포체Kongtrül Rinpoche(티벳에서는 전생의 수행자가 다시 인간의 몸을 받아 환생한 것이 증명되면 린포체의 칭호를 붙인다고 한다-옮긴이)의 가르침을 들은 것은 2000년 봄이었다. 그때의 가르침이 아직도 기억에 생생하다. 콩튈 린포체의 가르침은 1987년에 돌아가신 나의 첫 스승 최기얌 트룽파 린포체Chögyam Trungpa Rinpoche로부터 받았던 것과 똑같은 충격을 주었고, 그로 인해 내 마음 속에서는 난생 처음 경험하는 어떤 깨어남이 일어났다.

환하게 툭 트인 실상實相의 세계와 다시 연결되는 느낌이었다. 어둡고 좁은 방 안에서 혼란에 빠져 있다가, 홀연 벽과 천장, 바닥이 사라지며 단순하고도 명료하기 그지없는 자유가 드러난 듯했다. "맞아! 이건 늘 그랬던 거잖아!"라는 생각이 떠올랐다. 그리고, 콩튈 린포체가 제시하는 명료한 방법을 따르면 누구라도 이런 경험을 할 수 있다는 사실이 자명해졌다. 나는 콩튈 린포체가 이와 같은 자유와 나를 연결하는 직접적인 고리라고 느꼈기에 가까이 모시면서 좀 더 배우기로 작정했고, 기쁨과 열정 속에 그의 강의를 듣기 시작했다.

나중에 린포체의 가르침을 아주 여러 번 반복해서 들은 뒤, 나는 린포체의 설법 스타일 중 어떤 것, 꼭 집어서 어떤 요소가 그렇게 깊은 공명을 이끌어내는지 곰곰 생각해 보게 되었다. 부분적으로는 비상하게 지혜롭고 노련한 스승으로부터 받은 오랜 시간에 걸친 집중적인 불법 수행 덕분일 것이다. 어떤 식으로든 그 공부의 깊이와 스승으로부터 내려지는 법맥의 축복이 린포체의 말씀 속에 드러난다. 또한 일부는, 린포체 자신의 삶의 경험으로부터 우러나온다. 안전하고 예측 가능한 상태를 넘어 한 걸음 더 나아기기 위해 늘 스스로를 채찍질하며, 결코 물러서는 법이 없는 린포체의 성격이 반영되는 것이다. 린포체의 대담함과 두려움 없는 태도에는 전염성이 있다. 또한 일부는, 린포체의 선한 심성과 다정함, 그리고 겸손함 때문이다. 또 일부는, 린포체가 온 마음을 기울여 서양 문화에 자신을 젖어들게 만든 덕분일 것이다. 콩튈 린포체는 (서양)제자들의 마음을 환히 꿰뚫어보는 듯한데, 자신의 경험을 통해 제자들의 입장에서라면 어떻게 느낄까를 알기 때문에 가능한 일이다. 또 일부는 무자비하다 싶을 정도의 단순명쾌함 때문이다. 일부는 린포체가 갖고 있는 유머 감각 때문이기도 하다. 한편으로는 그대가 이해받고 소중히 여겨짐을 느낄 수 있기 때문이며, 그대가 그 무엇으로부터도 도망칠 수 없음을 실감하게 만들기 때문이다. 제자들 중 누군가가 문제를 피해 숨으려 하거나 뒤로 물러나면 린포체는 금세 알아차리고 그 문제를 거론한다!

사람들의 마음을 공명하게 만드는 마법 같은 요소가 무엇이든 콩 틸 린포체의 가르침으로부터 도움을 받고 용기를 얻은 사람은 분명 나뿐만이 아니다. 린포체의 제자들 중 아주 많은 사람들이 가슴 깊이 받아들인 가르침을 일상생활의 수행에 적용하여 삶을 변화시켰다.

일 년 전쯤, 제자들 중 몇 사람이 수년 동안 매주 일요일 아침에 린포체께서 설법했던 가르침을 책으로 내게 허락해 주십사고 부탁드렸다. 처음에 린포체는 흥미를 보이지 않으셨다. 린포체는 자신의 가르침을 헌신적으로 탐구한 제자들 가운데서 진정한 마음의 변화가 일어나는 것을 보고 싶기 때문에, 설법을 듣는 청중이 적은 수로 유지되는 것이 더 낫다고 말씀하기도 했다. 하지만 세계의 상황이 더 악화되자 우리는 가르침을 좀 더 대중적으로 펴자고 린포체를 재촉했다. 그러다가 우리가 근심에서 벗어나는 환희의 순간이 왔다. 마침내 린포체께서 "그렇게 합시다!"라고 허락하셨던 것이다.

내가 그랬던 것만큼 그대도 린포체의 지혜와 명료함으로부터 이익을 얻기를 바라며, 이 책이 살아있는 스승과 살아있는 진리 Dharma를 잇는 직접적인 연결고리가 되기를 기원한다.

페마 최된

찌가 콩튈 린포체는 나의 본사本師이신 딜고 켄체 린포체Dilgo Khyentse Rinpoche의 가장 아끼는 법제자일 뿐만 아니라, 내 스승 중한 분이기도 하다. 그러니 내가 이 서문을 쓰는 것은 마치 밝은 대낮에 성냥불을 켜는 것처럼 엉뚱하고 주제넘은 일인 듯하다. 그렇지만 콩튈 린포체의 상냥하고 정중한 부탁을 거부할 수 없으니, 많은 사람들에게 큰 충격으로 다가왔던 그의 가르침에 대해 몇 마디 말해 보겠다.

콩튈 린포체의 가르침은 서양인들에게는 놀랄 만큼 신선하고 이해하기 쉽지만, 동시에 그의 가르침은 붓다의 가르침을 서양 사람에게 맞춰 변용한 주말판 설법 이상의 가치를 갖는다. 린포체의 가르침은 오랜 세월 서구에서 생활한 경험이 반영된 진실한 불법佛法의 표현이다. 붓다의 가르침을 서양 사람에게 적용하다 보면 불교 수행에 요구되는 가장 강력하고 필수적인 수단을 빼놓는 타협이 생길 우려도 있다. 불법 중 매력적인 몇 가지만을 뽑아내고, 어렵고 귀찮은 것은 제외할 수도 있다는 말이다. 하지만 그렇게 한다면 입에 쓰다는 이유로 효과가 확실한 강력한 약을 빼고, 환자의 기분이나 달래주는 향유만 쓰는 것과 마찬가지가 되고 만다. 귀찮게만 보이는 주제가 사실은 진지한 마음으로 세밀하게 다뤄야 할 요점일 경우가 많다. 그 요점들이 우리가 겪는 괴로움의 가장 깊은 원인을 가리켜 보이기 때문이다.

예를 들어 '자아self'가 정말 존재한다면, 자아를 제거하는 일은 정말이지 우리 몸에서 심장을 도려내는 것만큼 고통스럽고 끔찍할 것이다. 하지만 에고에 대한 집착이 실상은 괴로움의 뿌리를 이루는 완벽한 착각이라는 사실이 밝혀진다면, 그 착각을 없애는 일이 무슨 문제이겠는가? 콩튈 린포체는 자아에 대한 고집스런 동일시와 그 결과로 생겨나는 자기중요성self-importance의 느낌으로 인해, 우리 자신이 분노, 강박, 자만, 질시嫉視라는 고통스럽기 짝이 없는 화살의 공공연한 표적이 된다는 사실을 아주 분명하게 드러내 보인다.

마찬가지로 금욕이나 포기renunciation라는 생각도 우리에겐 꽤나 불편하게 느껴질 수 있다. 금욕이란 말이 우리가 정말 좋아하는 것을 포기하라는 뜻이라면, 뭐라도 포기하라는 말은 진짜 터무니없는 억지일 뿐이다. 하지만 포기라는 것이 오직 '고통의 원인' 자체를 버린다는 뜻이라면, 누구라도 엄청난 열의를 느끼며 한시 바삐 그렇게 하려 할 것이다. 기진맥진한 여행자가 자기 배낭의 절반이 무겁기만 할 뿐 쓸모없는 돌로 채워져 있는 것을 알게 된다면, 기꺼이 돌을 쏟아버리려 하지 않겠는가?

린포체의 가르침이 진실함을 보여주는 또 다른 예는 스승에 대해 흔들림 없이 헌신하며 보리심을 키우라고 온 마음을 기울여 강조한다는 점이다. 린포체의 생기 넘치는 이타적 태도는 옛 스승의 말처럼 "다른 사람을 이익되게 하는 일이 아니면 행할 가치가 없다"는 사실을 깨닫게 만든다.

이 책에 실린 린포체의 조언으로부터 큰 힘을 얻었던 한 사람으로서 나는 그대에게 이 책에 따라 공부하고 수행해 볼 것을 강력히 권한다. 자 이제 콩튈 린포체의 가르침을 읽어보자.

마티유 리카르

누구나 행복하길 원한다. 누구라도 삶에서 의미와 행복을 찾아내는 동시에 남부럽지 않게 잘난 사람이 되고 싶어 한다. 행복하고 떳떳한 사람이고 싶은 욕구는 온당할 뿐만 아니라 고귀하기까지 하다. 하지만 행복해지고 떳떳해지기 위해 몸부림치느라 삶에 주어진 시간 대부분을 낭비하니 역설이 아닐 수 없다. 마음속엔 늘 바라는 바 삶의 모습이 자리하고 있지만, 실제의 우리는 늘 의심, 공포, 안전하지 못하다는 느낌과 씨름하며 살아간다.

영적인 구도의 길을 가면서 우리는 깨달음을 이야기한다.[*] 하지만 거울 속에 보이는 자신의 모습을 어떻게 깨달음과 조화시킬 수 있을까? 혼란을 피해가며 깨달으려 할수록 수행은 실생활의 직접 경험과 분리된다. 그렇다고 자신의 습관적 성향을 다루는 일에만 집중하면 자기몰입self-absorption과 그에 따른 고통의 수렁에 빠질 것이다.

깨달음에 대해 갖고 있는 견해와 지금 자신이 겪고 있는 혼란을

---

[*] 깨달음은 자신의 진정한 본성에 대한 완전하고 돌이킬 수 없는 자각이다. 깨달음을 통해 현상의 진정한 본성을 보는 동시에 다양하게 펼쳐진 현상의 모습을 아는 지혜가 드러난다.

조화시키려는 몸부림으로부터 구도의 여정이 시작된다. 그 몸부림은 자유와 행복을 향한 깊은 갈망의 표현이며, 그 자체로 우리들 누구나 갖고 있는 마음의 어마어마한 잠재력을 가리켜 보이는 표지라고 할 수 있다. 하지만 커다란 잠재력을 갖고 있다고 해서 출발할 때부터 우리가 완벽하게 고결하거나 깨달은 상태에 있다는 뜻은 아니다. 우리는 언제라도 혼란에 빠질 수 있다. 하지만 혼란에 맞서 싸우거나 도망치는 대신 그 혼란을 잘 활용할 수도 있다. 자신의 엄청난 잠재력을 확인하고 신경증에 적응하는 법을 배우기 위해서는 성숙이 필요하고, 자기반조自己返照, self-reflection 수행을 통해 그런 성숙이 가능하다.

자기반조는 우리에게 무슨 일이 일어나든, 아무런 판단 없이 솔직하게 지켜보는 마음가짐이자 실제 행위다. 습관에 묶여 휘둘리는 우리는 자기반조를 행하기가 쉽지 않다. 불쾌한 경험을 물리치고 즐거운 경험을 쫓는 성향 때문이다. 자기반조 수행에는 고유한 아름다움과 미덕이 있는데, 우리가 일상에서 늘 경험하는 것 외에 다른 경험이 필요하지 않다는 점이 그것이다. 편견을 개입시키지 않고 그저 지켜보기만 하면, 본래 갖춰져 있던 지혜의 빛이 우리 마음의 엄청난 잠재력과 혼란을 비춘다. 그 결과 줄곧 우리 마음을 괴롭히던 몸부림이 깨달음으로 가는 길의 토대로 바뀐다.

자기반조는 지금까지 이어지고 있는 어떤 불교 전통의 수행법보다 보편적이다. 자기반조를 통해 가르침은 생명을 갖게 되고 살아 있는 경험이 된다. 자기반조는 수행이 또 하나의 일이나 사업으로 변질되는 것을 막아준다.

차례

1장
그대는 이미 가지고 있다

2장
두려움 없이 돌이켜보라

3장
세상에서 우리 자리 찾기

1장

그대는 이미
가지고 있다

·

·

·

·

그대는 집 없는 왕자처럼 살고 있지 않은가.

상속받은 재산이 무한하다는 사실을 모르는 채 방랑하고 있는 그대,

자신이 가진 것을 바로 보게 되면 무한한 풍요로움을 느끼게 될 것이다.

저절로 존재하는 산, 숲, 호수와 사계절, 해와 달의 순환은 얼마나 감사한가.

보고 듣고 느낄 수 있는 이 몸과, 지혜의 빛을 담을 수 있는 이 마음은

또 얼마나 감사한가.

진짜 나는 거울로
볼 수 없다

거울을 들여다볼 때 자신이 평범한 모습으로 비쳐지기를 바라는 사람은 없다. 누구라도 거울 속의 자신이 특별한 사람의 모습을 하고 있기를 원한다. 이런 소망을 의식하든 않든 우리는 그저 온갖 신경증과 장애, 문제를 갖고 있는 평범한 사람의 얼굴이 거울에 비치는 것이 불만스럽다.

행복한 사람을 보고 싶다는 소망과는 달리 거울 속에는 그저 아등바등 몸부림치는 사람만 보인다. 자신을 마음 따뜻하고 너그러운 사람이라 생각하고 싶은데 거울 속엔 이기적인 모습만 보인다. 우아한 모습은 어디가고 오만스런 모습만 보이니 당황스럽다. 강력한 불멸의 개인 대신 생로병사의 네 가지 유전流轉에 하릴없이 끌려다니는 사람이 보일 뿐이다. 우리가 보고 싶어 하는 모습과 실제로 보이는 모습 사이에서 한없는 갈등과 고통이 생겨난다.

∅ 자기를 중요하게 여김으로써 오는 고통

우리가 고통의 감옥에 갇히게 되는 까닭은 자신을 특별하게 여기는 느낌, 즉 자기중요성 때문이다. 자기중요성이란 "나는, 나는, 나는, 내게, 내게, 내게, 내 것, 내 것, 내 것,"이라 말할 때 그 바탕에 숨어있는 집착이다. 모든 경험이 그 집착의 색깔로 물든다. 자세히 살펴보면 자기중요성이라는 이 강력한 요소는 우리의 모든 생각과, 말, 행동 속에 들어 있다. "어떻게 하면 기분이 좋아질까? 다른 사람들이 어떻게 생각할까? 내가 얻는 게 뭘까? 내가 잃는 것은?" 이런 질문 모두가 자기중요성에 뿌리박고 있는 것이다. 우리가 생각만큼 괜찮은 사람이 되려면 아직 멀었다는 식의 느낌조차도 자기중요성이 표현되는 한 가지 형태에 불과하다.

우리는 자신이 강인하고 절제력 있는 사람이었으면 하지만, 실제로는 깨지기 쉬운 달걀 껍데기에 더 가깝다. 그렇기 때문에 자신을 더 약하다고 느끼게 되고 일이 복잡해진다. 허약한 자아는 보호를 요구하고, 그에 따라 갑옷을 입고, 힘을 모으고, 벽을 쌓는다.

결국 고통의 덫에 치이고 만다. 일을 있는 그대로 놔두는 것이 점점 더 두려워지고 바라는 대로 일이 되리라는 확신은 갈수록 줄어든다.

자기중요성을 초월한 자리에서, 있는 그대로의 자신을 보려면 용기가 필요하다. 힘들긴 하지만 그것이 우리가 가야할 길이다. 어떤 식으로 표현되었든 간에 모든 불법佛法의 요체는 자기중요성을 줄여 진리가 숨쉬는 공간을 만드는 것이다. 자기를 되비쳐 봄으로써 그런 공간을 만드는 일이 시작된다.

∅ 질문하는 정신

인도의 위대한 불교학자 아리야데바Aryadeva*는 사물이 보이는 것과 다를지 모른다고 의심하는 것만으로도 습관화된 집착을 부술 수 있다고 했다. 의문을 일으키는 것이야말로 자기반조의 출발점이다. 이렇게 꽉 짜인 자아 감각이 보기와 다른 것일 수 있을까? 정말로 이 모든 것에 집착할 필요가 있을까? 그리고 모든 것에 집

---

* 서력 기원후 2세기에 살았던 것으로 여겨지는 아리야데바는, 공관空觀에 근거해서 불교의 가르침을 편찬하고 확장시킨 것으로 알려진 나가르주나Nagarjuna[龍樹]의 수제자였다.

착하는 일이 가능하기는 한 걸까? 자기중요성을 초월한 삶이 있을까? 이런 식의 질문을 통해 고통의 원인을 탐구하는 문이 열리는 것이다.

실제로 자기반조를 수행할 때는 한 걸음 물러나 자신의 경험을 검토해야 하며 습관화된 마음의 힘에 굴복하면 안 된다. 그래야 무슨 일이 일어나든 판단 없이 지켜볼 수 있고, 자기중요성을 내포한 사건에 맞설 수 있다.

자기반조는 불교의 모든 전통과 유파에 전해진 공통의 수행법이며 형식적 수행의 경계 너머로 우리를 이끈다. 우리는 언제 어떤 상황에서도 자기반조의 질문 정신을 발휘할 수 있다. 자기반조는 태도이자 접근 방식이고 수행이며, 개개인의 수행에 생명을 불어넣는 방법이다.

∅ 우리의 진짜 얼굴

아무런 판단이나 자기기만自己欺瞞 없이 마음을 들여다보면, 습관화된 마음 너머에 우리 자신의 참 모습이 보인다. '자아self', 그리고 자아가 바라는 것과 바라지 않는 것 너머, 끊임없이 세상과 싸우는 자아 그 너머에 우리의 진실한 본성, 참 얼굴이 있다.

참 얼굴은 자연스런 얼굴이다. 자신 아닌 것이 되려고 애쓰는 몸부림에서 벗어나 본래의 잠재력을 모두 실현함으로써 헤아리기 어려운 지혜와 능력, 용기를 갖게 된 얼굴이다. 자신의 더 깊은 잠재력과 장애를 동시에 확인함으로써 우리는 고통의 원인을 이해하기 시작하고 고통의 원인에 대해 아무 일이라도 할 수 있게 된다.

자기반조 수행은 자력自力으로 속박을 벗어나는 일이다. 흔들림 없이 구도의 길을 가기 위해서는 두려움 없는 마음, 진정한 용기가 필요하다. 당연시하던 자아 관념을 넘어서기만 하면 곧바로 우리는 불성佛性, 참 얼굴, 고통을 벗어난 자유를 향해 가게 된다.

⌀ 섬뜩한 개아심(個我心, Ego-Mind)

누구나 자아 관념인 에고ego를 갖고 있고, 그 에고에 대한 집착이야말로 모든 고통과 혼란의 원인이다. 역설적이게도 우리가 애지중지 보호하려 애쓰는 이 '자아'는 아무리 찾아봐도 보이지 않는다. 자아는 교활하고 포착하기 어렵다. "나는 늙었다"라고 말할 때는 몸을 자아로 여기고 있다. "내 몸"이라 말할 때 자아는 몸의 소유자다. "나 피곤해"라고 말할 때 자아는 신체적이고 감정적인 느낌과 동일하다. "내가 보기에"라고 할 때 자아는 지각perception이며, "내 생각에는"이라 할 때는 생각이 자아다. 이런 식으로 아무리 따져 봐도 자아를 찾아낼 수 없으니, 이 모든 것을 알아차리는 주체 혹은 아는 마음이야말로 자아라고 결론짓기도 한다.

하지만 마음을 찾아보면 어떤 모습도 색깔도 보이지 않는다. 우리가 자아라고 동일시하는 마음, 개아심ego-mind이라고 부를 수 있는 이 마음이 우리 행동 일체를 지배한다. 그런데도 그 마음의 실체는 찾을 수가 없으니 마치 유령이 집을 관리하고 있는 것처럼 섬뜩하기까지 하다. 집에 사람은 없는 것 같은데 집안일이 다 되어 있다. 침대도 정리됐고, 구두도 닦아져 있으며, 따끈한 차와 식사도 준비돼 있다.

흥미로운 것은 아무도 이런 일에 의문을 갖지 않는다는 사실이다. 우리는 그저 누군가 혹은 무엇인가 거기에 있다는 정도로만 생각하는데, 그러는 동안 우리 삶은 유령에 의해 지배당하고 있다. 이제 유령의 지배에서 벗어나야 할 시점이다. 한편으로는 개아심이 우리에게 봉사해 왔다고 할 수도 있다. 그리 잘 섬겼다고 할 수는 없겠지만 말이다. 개아심은 나고 죽는 삼사라samsara(생겨나고 사라지는 일이 반복되는 윤회의 세계-옮긴이)의 고통 속으로 우리를 끌어들여 노예로 만들었다. 우리는 개아심이 "화내라"고 하면 화내고, 개아심이 "집착하라"고 하면 집착한다. 우리의 '노예 같은' 상태를 잘 들여다보면 그런 상태가 개아심과 관련되어 있음을 알 수 있다. 잘 들여다보면 개아심이 어떻게 우리를 압박하고, 속임수를 쓰고, 말도 안 되는 일을 하게 만드는지를 환히 알 수 있다.

유령의 노예가 된 상태를 끝내고 싶으면, 개아심에게 진짜 얼굴을 보이라고 요구해야 한다. 사실 나와 보라는 말에 정말로 모습을 드러내는 유령은 없다! 이 간단한 명상은 하루 종일 언제라도 할 수 있다. 그대가 어떻게 해야 할지 모를 때마다 그대의 개아심에게 진짜 얼굴을 보이라고 요구하라. 저녁 식사를 준비할 때나 버스를 기다릴 때 개아심에게 얼굴을 보이라고 다그쳐라. 특히 개아심이 그대를 압도할 때, 그대가 개아심에 의해 위협당하고, 두려움에 빠지고, 노예처럼 되어 간다고 느껴질 때 그렇게 하라. 뼈 없는 사람처럼 줏대 없이 흔들리지 말라. 개아심에 도전할 때는 단호하고 부드럽게 꿰뚫어 보되 절대로 공격적이어선 안 된다. 그냥 개아심에게 말하자. "네 얼굴을 보여라!"고. "나 여기 있다"하며 나타나는 마음이 없으면 개아심은 그대에 대한 지배력을 잃기 시작하고, 그대의 몸부림은 가벼워질 것이다. 정말 그런지 꼭 해보라.

물론 그대에게는 개아심에 얼굴이 있는 것처럼 느껴질 수도 있다. 하지만 얼굴 있는 마음을 찾을 수 없다면 그대의 몸부림은 그렇게 심각하게 여길 필요가 없는 것이 맞고, 그렇게 해서 그대의 고통과 고뇌는 훨씬 줄어들 것이다.

우리가 대놓고 질문할 때 개아심의 실제 모습이 드러난다. 하지만 드러나는 모습 중에 우리가 예상했던 모습은 하나도 없다. 우리는 견고해 보이는 이 개아심, 혹은 에고를 실제로 꿰뚫어 볼 수 있는 것이다. 하지만 그러고 나면 무엇이 남을까? 애지중지 보호하려 애썼던 자아에서 풀려나 열린 마음, 또렷한 각성만이 남는다. 이때 드러나는 것이 모든 존재의 근본 바탕인 지혜 마음이다. 이와 같은 발견 속으로 이완해 들어가는 것이 참된 명상이다. 참된 명상은 우리를 고통에서 해방시키고 더없는 깨달음으로 이끈다.

⌀ 삶에 접근하는 법

개아심을 찾아보는 일은 아주 중요하다. 열심히 찾아봐야만 개아심을 찾을 수 없다는 사실을 알게 된다. 그리고, 개아심을 찾을 수 없다면 자아self 역시 찾을 수 없다. 사실이 이러한데 어떻게 생각이며 감정, 경험을 자신의 것, 개인적인 것이라 여길 수 있을까?

처음 '나 없음無我'을 경험했던 때가 생각난다. 무엇보다 강렬한 자유의 감각이 느껴졌다. 내가 자기중요성에 의해 방해받지 않고, 그래서 일을 복잡하게 만들지만 않으면, 모든 것은 본래부터 한없이 완전한 상태에 있음을 알고 깊은 감사를 느꼈다. 나는 자아를 지탱하기 위해 들였던 온갖 쓸모없는 노력들을 환하게 비춰보고 그지없이 홀가분해졌다.

대다수 사람들은 자연을 사랑하고 존중한다. 사람이면 누구나 자연의 세계에서 순수하고 때묻지 않은 아름다움을 기대하기에, 벌목이나 토목공사로 야생의 자연이 파괴되는 것을 보면 착잡한 마음이 된다. 자아감각을 강화하기 위해 삶에서 만나는 모든 것을 조작하는 짓을 그치면, 자신의 내면에 자리한 자연의 아름다움을 사무치게 느낄 수 있다. 이것이 수행자가 삶을 대하는 방식이다.

자아를 움켜쥔 상태에서 자기를 되비쳐 보는 일이 가능할까? 자아에 매달리면 모든 것이 개인의 일이 된다. 우리의 고통, 우리의 분노, 우리의 결점 같은 식이다. 그러면 개인적인 것으로 받아들인 생각과 감정들이 우리를 고문하듯 괴롭힌다. 생각과 감정을 이런 식으로 들여다보는 것은 마치 묻어두고 싶은 불쾌한 일을 다시 들춰내는 것과 같다. 고통만 커질 뿐 아무 쓸모가 없다는 말이다. 제대로 된 관찰 방식이 아니다.

나 없음無我의 관점을 가지면 우리 의식 속에 일어나는 어떤 일이라도 즐길 수 있다. 일어나는 일 모두가 과거 우리의 행위 혹은 카르마의 결과겠지만, 그 일이 우리 자신은 아닌 것이다!

✏ 생각과 감정 활용하기

생각과 감정은 늘 생겨난다. 수행의 목적은 생각이나 감정을 없애는 것이 아니다. 생각과 감정을 멈출 수 없는 것은, 세상이 우호적으로 보이든 적대적으로 보이든 그 세상이라는 환경을 소멸시킬 수 없는 것과 매한가지다. 어쨌거나 우리는 그런 생각과 감정들을 환영하기로 맘먹고 함께 어울려 작업할 수도 있다. 어떤 의미에서 생각이나 감정은 감각에 불과하다. 좋다 나쁘다, 옳다 그르다, 맘에 든다 아니다와 같이 판단하거나 고정시키지만 않는다면, 끝없이 일어나는 생각과 감정을 정신적 향상을 위해 활용할 수 있다.

활용 방법은 간단하다. 생각과 감정들이 일어나고 사라지는 것을 그냥 지켜보는 것이다. 지켜보면 생각이나 감정에 실체가 없음이 드러난다. 생각과 감정을 꿰뚫어보면, 생각이나 감정은 전혀 우리를 속박할 수 없으며, 구도의 길에서 이탈하게 만들 수도 없고, 우리의 현실 감각을 왜곡시킬 수도 없다는 사실이 확연해진다. 생각이나 감정을 사라져야 할 것으로 여기는 자체가 착각이다. 명상을 통해 우리는 이런 착각으로부터 자유로워질 수 있다.

경에서는 말한다. "사탕수수 밭을 기름지게 할 것이 아니면 거름이 무슨 소용인가?" 마찬가지로 이렇게 말할 수 있다. "우리의 깨우침에 도움이 되지 않는다면, 생각과 감정-사실은 우리의 경험

전체다-이 무슨 소용인가?" 자기중요성으로부터 생겨나는 두려움과 반발이 생각과 감정을 활용하기 어렵게 방해한다. 그래서 부처님은 모든 것을 있는 그대로 놔두라고 가르치셨다. 미리 겁먹지도 말고, 두려움을 억누르려 애쓰지도 말고, 어떤 일이든 그저 자연스럽게 일어나고 있는 그대로 존재하게 내버려 두라.

명상을 통해 투명해진 개아심에 대해선 두려워할 이유가 없다. 개아심을 두려워하지 않게 되면 우리의 고통은 엄청나게 줄어들고, 고통이 줄면 우리에겐 마음을 구석구석 샅샅이 살펴보고 싶다는 열정이 일어나기도 한다. 이 같은 열정적 마음가짐이 자기반조 수행의 핵을 이룬다.

세상은 극장, 인생은 쇼

극장에서 영화를 볼 때 우리는, 영화가 전부 환영幻影임을 알기에 긴장을 풀고 즐긴다. 우리가 보는 마법 같은 영화는, 프로젝터와 필름, 빛, 스크린, 그리고 보는 사람의 지각 작용이 함께 어우러진 결과다. 순간순간 단절된 빛깔, 형상, 그리고 소리의 조각들이 연속성의 환상을 만들어 내고, 우리는 그것을 등장인물, 풍경, 움직임, 대사로 지각한다. 우리가 '현실現實'이라고 하는 것도 마찬가지 방식으로 작동한다. 우리의 감각, 지각, 인지 능력, 과거 카르마로부터 심어진 씨앗*, 현상계가 함께 어울려서 인생이라는 '쇼

---

* 카르마의 씨앗은 과거 행위의 잔여물로부터 온다. 긍정적이거나 부정적이거나에 상관없이 특정 원인과 조건에 의해 활성화된다. 예를 들어 우리가 화를 내게 될 씨앗이나 경향성을 갖고 있으면, 적절한 조건이 함께 할 때 공격적으로 반응하게 된다.

show'를 만들어낸다. 모든 요소들이 서로 역동적 관계를 갖는데, 이 관계가 일체의 사물을 움직이게 하고 서로를 끌어들인다. 소위 상호의존성이다.

주위를 둘러보면 홀로 존재하는 사물이나 일은 아무것도 없음을 알 수 있다. 일체 존재가 상호의존하고 있다는 말을 확인하는 한 가지 방법이다. 모든 것은 무한개의 원인과 조건에 의지해서 존재하게 되며, 매 순간 생겨나고 사라진다. 모든 것이 서로 의존하기 때문에, 그 무엇도 독립된 개체만으로 참된 존재 상태를 이룰 수 없다. 예를 들어 한 송이 꽃을, 물, 토양, 태양, 공기, 씨앗 등 그것을 만들어낸 수많은 원인과 조건들로부터 분리할 수 있을까? 원인이나 조건과 무관하게 독립적으로 존재하는 꽃은 있을 수 없다. 모든 존재는 복잡하게 서로 얽혀 있어서, 어디에서 한 존재가 끝나고 다른 존재가 시작되는지를 꼭 집어내기가 쉽지 않다. 이것이 현상의 본성은 헛되고 비어 있다는 말이 갖고 있는 의미다.

무한히 다양한 모습을 보이는 바깥세상과, 생각과 느낌의 세계인 우리 내면 모두 보이는 그대로가 아니다. 모든 현상이 객관적으로 존재하는 것처럼 보일지라도 그들이 존재하는 양상은 꿈과 같다. 보이기는 분명하게 보이지만 실체가 없다는 말이다. 비어 있음空은 많은 사람이 잘못 생각하듯 바깥세상의 일상적 모습을 떠나서 경험되는 것이 아니다. 드러난 모습을 향한 집착을 놓기만 하면 비어 있음은 곧바로 경험된다.

현상계의 빈 성품을 보면 사물이 원래부터 견고하게 존재하고 있다는 무겁기 짝이 없는 관념에서 해방되어 안심할 수 있다. 독립적으로 존재하는 것이 하나도 없음을 이해하면 일어나는 일 모두가 더욱 꿈처럼 보이고 덜 위협적으로 느껴진다. 이와 같은 이해를 통해 우리는 더 깊이 이완할 수 있고, 마음과 환경에 대한 통제의 필요성을 덜 느끼게 된다. 세상 만물의 본성이 비어 있으니 삶을 영화처럼 볼 수 있다. 긴장을 풀고 쇼를 즐길 수 있는 것이다.

∅ 쇼 즐기기

헐리웃 영화를 보는 것보다 마음을 지켜보는 일이 훨씬 재미있다. 스크린, 프로젝터, 스토리, 캐릭터와 드라마가 경험 속에 다 있다. 모든 윤회전생과 열반이 쇼의 일부분이다. 그렇게 거대한 작품을 제작하는 회사는 수천만 달러를 주고도 사기 어려울 것이다. 이 극장의 입장권은 '꿰뚫어 보기seeing through'다. 현상이 보이는 대로 존재하는 것이 아님을 간파하는 것이다.

겉으로 보이는 모습—생각, 감정, 사물들—을 마음의 눈으로 꿰뚫어 보는 것이 아주 중요하다. 겉으로 드러난 모습의 이면을 보지 못하면, 유동적이고 쉬 변하며 포착되지도 않는 것들에게 있지도 않은 존재성을 부여하게 된다. 그러면 세상이 마치 우리를 유혹하거나 위협하는 것처럼 보인다. 이렇게 되면 마음의 평화는 거의 불가능하다.

예를 들어 화가 나는 일을 당하면, 우리는 그 문제를 끝끝내 파고들어 이유를 밝혀내거나 뭐라도 결론을 내려야 직성이 풀린다. 진지한 대화를 통해 자신의 입장을 납득시킬 필요도 있다. 혼란을 벗어나기 위해 명료한 관점이 필요할 수도 있다. 생각 생각이 꼬리를 물고 일어난다. 하지만 어느 시점에선가는 그 생각들이 일리가 있든 아니든 그저 생각이나 감정에 불과하며, 실체도 없고, 순식간에 사라진다는 사실을 명료하게 이해할 필요가 있다.

영화를 꿰뚫어보는 방식으로 우리의 신념과 공포를 예리하게 꿰뚫어 볼 수 있다면 어떻게 될까? 신념이나 공포를 재미있게 즐길 수 있고, 웃음거리 삼을 수 있으며, 있는 그대로 놓아둘 수 있게 된다. 신념이나 공포를 너무 심각하게 여기면 구도의 길에서 행하려던 모든 것이 물거품이 된다. 하지만 종잡을 수 없는 마음을 있는 그대로 내버려두기만 해도 상황은 크게 호전될 수 있다.

불교도의 관점에서 뭔가를 그대로 내버려둔다는 것은, 우리가 바라는 모습이 아니라 본래 그대로의 모습이 되도록 허용하는 것이다. 이런 말이 있다. "명상은 조작되지 않을 때 훨씬 유쾌하다.

호수의 물은 휘젓지 않을 때 더 맑다." 내버려두라는 말이다. 그러
는 것이 자기반조다.

∅ 자신의 자리 잃지 않기

자기반조 수행의 요점은 조작하거나 변화시키려는 노력으로 흙탕
을 일으키는 일 없이 세상만사를 있는 그대로 투명하게 경험하는
것이다. 모든 것을 바꾸거나 조작할 수 있다고 믿는 사람은 엄청난
고통을 겪게 될 뿐이다. 그런 일은 불가능하기 때문이다.

　거치적거리는 생각이나 감정을 불쾌하게 여기는 수행자도 있고,
그런 생각이나 감정을 없애야 할 것으로 생각하는 사람도 있다. 여
러 해 동안 수행한 사람은 의아해 하기도 한다. "대체 나는 왜 여
전히 이렇게 많은 내면의 혼란을 겪어야 하는 것일까? 왜 마음이
평화롭지 않을까?" 이런 질문은 수행의 목적을 오해하는 데서 비
롯된다. 수행이나 깨우침이 아무리 진전돼도 저절로 일어나는 마
음은 쉴 줄 모른다. 마음은 움직이는 것이 본성이라서 언제라도 움
직일 준비가 되어 있다. 마음의 활력을 원망할 게 아니라 그런 마
음을 잘 활용해야 한다. 그래야 수행이 깊어지고 풍요로워진다.

　평화로운 마음 상태와 평화롭지 않은 마음 상태를 한꺼번에 다

루는 것이 수행의 요점이다. 대개 우리는 평화롭지 않은 생각이나 감정이 방해가 된다고 느낀다. 그런 불편한 생각이나 감정이 우리의 안전이나 안녕에 관련된 것일 때는 불안이 생겨난다. 하지만 그 모든 것이 자연스럽기 그지없는 일임을 아는 것이 중요하다. 생각은 우리가 지은 카르마의 열매다. 감정과 불안은 그 열매의 즙과도 같다. 생각이나 감정, 불안을 경험한다고 해서 수행자로서의 자격을 잃게 되는 것도 아니다.

귀찮은 생각이나 감정에 대처하는 효과적인 방법은 오직 한 가지, 그런 생각이나 감정이 자연스레 펼쳐지도록 놓아두는 것뿐이다. 억제하려 하지도 말고 빠져들지도 말라. 생각과 감정에 중요성을 부여하면 그것들은 더욱 '실재實在'처럼 될 뿐이다. 그러지 말고 조금만 태도를 바꿔보자. 그러면 짜증스럽고 불안한 마음이 그저 마음의 근본 성품이 표현되는 한 가지 방식일 뿐임을 알 수 있다. 마음은 자체로 빈 것이며, 아무 문제가 없다. 만사가 다 제자리에 잘 있으니 그렇게 부담스러워하고 걱정할 필요가 없다. 이렇게 보면 마음이 평화로워진다.

사물의 외양보다 그 진실한 본성을 보게 될 때 평화가 온다. 일체의 드러난 모습으로부터 본성을 알아차릴 수 있을 만큼 섬세하고 민감한 마음, 즉 진실한 본성은 열려 있고, 걸림이 없으며, 잠재력으로 충만하다는 사실을 아는 마음에 평화가 깃든다. 이와 같은 깨우침을 얻기 위해 필요한 것은 자기반조 수행을 계속해 나아가는 것뿐이다.

자기반조는 자유에 이르는 문이다. 지극한 감사와 즐거움도 따른다. 우리는 자신의 마음과 시간 보내는 일을 좋아하게 되고, 가르침의 경험을 돌이켜 비춰보기를 즐기게 된다. 태양이 구름을 벗어나는 것처럼 진리에 대한 가르침이 명료하게 이해된다. 앞서 간 깨달은 스승들의 축복이 가슴에 쏟아져 들어오고, 우리와 우리 마음 사이에 있던 습관적 관계가 해체된다.

그렇게 되면 주어진 삶을 어떻게 활용해야 할지가 분명해지고, 일상의 행복이나 고통과 어떤 식으로 관계 맺어야 하는지도 확연해진다. 행복도 고통도 다 우리 본바탕 성품의 표현이다. 그러니 행복해지려고, 혹은 더 행복해지려고 애쓰는 것은 고통을 벗어나겠다고 몸부림치는 일과 마찬가지로 무의미하다. 평화를 찾고자 한다면 이렇게 근본적인 수준에서 삶과 연결되어야 한다.

그래도 누군가는
그 길을 찾았다

인류가 동굴에서 생활하던 혈거시대부터 지금에 이르기까지, 인류는 사냥을 하고, 땅을 경작하고, 필요한 물자를 모으는 등의 행위를 통해 평화와 행복을 추구해 왔다. 인류는 자신의 외부에서 행복과 평화를 찾느라고 너무 바빠서 내면의 행복과 평화를 추구할 여유가 없었다.

탐욕, 집착, 공격성, 질투, 그리고 그에 따른 부정적 행위가 행복이나 평화를 가져올 수 없다는 사실을 진지하게 숙고해 본 사람은 거의 없었다. 탐욕과 집착은 슬픔과 고통의 원인이다. 그런 부정적 행동을 넘어서기 위해서는 마음의 본성에 대해 좀 더 깊은 성찰이 필요했지만 자기를 돌이켜 비춰보는 자기반조의 필요성은 무시되었다. 하지만 자기반조 없이 외부의 영향에서 벗어난 마음을 가질 수 있는 가능성은 거의 없다.

사회가 우리 내면에 조건화시킨 습관과 전통은 강력하다. 하지만 어떻게 살아야 하는가에 관련된 견해, 즉 좋고 나쁜 것, 이롭고 해로운 것 등에 대한 일치된 견해들은 선조들이 남긴 습관적 생각일 뿐이다. 그 생각들이 반드시 뛰어난 지혜를 포함하고 있으리란 보장도 없다. 전통적인 관습에 지혜가 없지는 않지만 그 지혜라는 것은 그저 삼사라의 세계를 만들어내고, 그 속에서 살아가며, 삼사라로부터 이익을 얻는 방법을 전하고 있을 뿐 삼사라 자체가 심각한 문제라는 사실은 간과하고 있다.

대다수의 사람들은 원하는 것을 얻기 위해 강한 의지를 발동시킨다. 하지만 의도가 불분명한 경우도 많고, 바라는 결과를 얻을 만큼 의도에 부합하는 행동을 하기 어려운 경우도 많다. 매 순간 생각과 느낌이 생겨난다. 모든 생각은 지각知覺이나 신념에 근거를 두고 있으며, 신념 대부분은 다른 사람들의 일치된 견해를 받아들여 형성된 것이다. 하지만 다른 사람들이 현상을 '읽어낸 결론'이 꼭 정확한 것일까?

선조들의 전통적 견해는 삼사라의 함정을 무시하고 있으며, 더 많은 삼사라를 만들어내는 일이야말로 치명적이라는 사실을 놓치고 있다. 평화와 행복을 가꾸는 방법에 대한 전통적 견해는 한심할 정도로 무지한 수준이다. 아무것에도 의존하지 않는 평화와 행복을 마음에 키우려 하지 않고, 오직 물질적 원천으로부터 행복과 평화를 얻으려 한다. 이런 견해는 우리를 그릇된 길로 이끌 뿐이다.

사회에는 그릇된 길이 많지만 그 근본구조는 동일하다. 하나 같이 내면의 욕구 충족을 위해 외부로 나가라고 한다. 그 길은 우리를 물질적 대상이나 사회적 관계, 감정적 상호의존의 방향으로 이끌지만, 어디로 향하든 행복과 평화를 줄 수 있는 우리 마음의 잠재력을 간과하고 있다는 점에서는 동일한 것이다.

보편적인 혈거인과 달리 과거의 뛰어난 성자들은 사회가 조건화시킨 습관이나 전통에서 벗어나려 했으며, 결국 초월의 길을 찾아내고야 말았다. 성자들은 한없이 무지한 개아심이 연출하는 비극에 반기를 들었고, 마음을 직접 관찰함으로써 평화를 얻을 수 있는 힘을 찾아냈다. 성자들은 홀로 시간을 보내며 각성Awareness을 고양시키고 자기반조에 깊이 몰입했다. 이렇게 관습을 벗어난 길에는 전통적인 선조들의 일치된 견해에 반하는 요소가 들어 있다. 하지만 오늘에 이르기까지 인류의 대다수는 각성의 방법을 발전시킬 필요를 무시해 왔다. 그야말로 무지無知로 인한 비극이라 할 수 있다.

무지에는 두 가지가 있다. 절대 또는 현상의 본질에 대한 무지가 그 하나이고, 상대 세계를 정확히 읽어내는 것을 가로막는 무지가 다른 하나다. 이 두 가지 무지는 마치 두 가닥의 실과 같다. 두 가지가 서로 얽히면 분간이 쉽지 않다. 그렇게 두 가닥 무지의 실이 미혹과 망상의 천을 짜낸다.

첫째 유형의 무지의 결과 우리에겐 지혜가 부족하다. 진실한 본성에 대한 이해가 부족하니 공허한 환상을 견고한 실재처럼 지각한다. 둘째 유형의 무지로 인해 우리에겐 카르마와 상호의존의 법칙을 명료하게 이해할 능력이 없고, 그 결과 세상과 모호한 관계를 맺게 된다.

상대적 세계에서 외부 현상은 끊임없이 변하고, 우리 내면의 마음도 끊임없이 바뀌며, 그에 따라 우리의 지각도 계속 변화한다. 모든 것이 일시적이며 우리 자신도 예외가 아니다. 하지만 자아, 또는 에고는 모든 것이 영원하다고 믿고 싶어 한다. 모든 것이 덧없다는 진실을 사무쳐 알게 되면 집착의 견고한 바탕이 사라지고 에고 역시 사라진다. 에고는 집착에 근거해서 존재하기 때문이다.

우리는 존재하지도 않는 자아에 매달려 세계를 잘못 해석하고 마음의 진짜 보물을 잃어버린다. 무슨 수를 써서라도 자아를 보존해야 한다는 신념 때문에, 에고가 우리의 모든 정신, 감정, 언어, 신체상의 행동을 지배하고 조종하게 된다. 지혜 마음이 늘 완전한 빛을 뿜어내고 있음에도 불구하고, 우리는 집 없는 왕자, 즉 자신이 상속받은 재산이 있다는 사실을 모르는 채 방랑하는 왕자처럼 되고 만다.

그 결과 우리는 카르마가 작용하는 방식을 이해하려 하지 않는다. 인과법칙에 무지한 탓에 복된 결과를 가져오도록 행동할 필요성을 잊어버린다. 행복한 과보를 가져올 행동을 하기는커녕 더 심한 고통을 불러올 카르마를 만드는 행위에 몰두한다.

삼사라의 와중에서 겪는 고통은 모두가 개인의 무지와 에고에 의해 촉발된다. 우리 사람만 이렇게 조건화된 것이 아니라 생명 있는 존재 모두가 같은 곤경에 빠져 있다. 인류가 아직까지도 깨달음을 얻지 못하고 생존에만 급급하게 된 까닭은 에고에 대한 무지한 신념과 현실에 대한 그릇된 견해 때문이다.

우리의 1차 기준점인 에고에 대한 집착이 사라지면 마음은 저절로 열린다. 혼란이 가시고, 평가나 판단 없이 모든 것을 즐길 수 있다. 이런 경험을 묘사하는 많은 방법이 있다. 불성佛性, 반야바라밀다prajnaparamita, 법신法身, 마음의 본래 성품 등이 그것이다.* 요점은 한마디로 이렇다. 마음에는, 걸림 없이 자재하고 무지를 초월해

---

* 용어들은 여기서 상호 교환이 가능한 것으로 쓰고 있다. 마음의 본성, 마음의 참된 상태는 걸림이 없으며 무지로부터 자유롭고, 모든 것을 참신하게 경험할 수 있는 잠재력을 갖고 있다. 불성은 모든 중생의 마음에 존재하는, 붓다가 될 수 있는 본연의 잠재력을 가리킨다. 법신은 열려 있고, 걸림 없으며, 그지없이 명료한 우리 마음의 본성이다. 법신은 모든 성품이 생겨나는 근본 바탕이어서, 삼사라와 열반이 다 가능하지만, 그 양쪽 어디에도 영향받지 않은 채로 남는다. 반야바라밀다는 산스크리트어로서 빈 성품[空性]을 깨우친 지혜의 완성을 가리킨다.

있으며 모든 것을 때묻지 않은 방식으로 경험할 수 있는 잠재력이
있다. 그런 마음의 잠재력은 우리 누구나 본래부터 갖고 있는 유산
이며, 그 잠재력을 드러내고자 하는 것이 바로 자기반조 수행이다.

그대가 가지고 태어난
신비로운 유산

우리들 누구나 삶을 풍요롭고 의미 충만하게 만들려고 애쓴다. 영향력 있고 강한 사람이 되려고 노력하고, 부유해지기 위해 열심히 일하며, 그림이나 음악, 또는 다른 여러 표현 형식을 통해 의미 있는 뭔가를 성취하려 한다. 일생 동안 애쓴 후 이뤄낸 결과에 대해 꽤 만족할 수도 있으리라. 하지만 타고난 유산과 우리를 연결하는 수행을 하면 우리는 삶의 매 순간마다 풍요와 행복을 느끼는 경지에 이를 수 있다.

🖋 타고난 풍요로움

지갑이 두둑하고 은행에 충분한 예금이 있다고 꼭 마음이 풍요롭지는 않다. 어마어마한 부자들 중에도 허전함을 느끼는 사람이 많다. 물질적인 형편을 바꿔보려고 평생 일만 하며 보낼 수도 있지만, 내면의 풍요가 없으면 궁핍하고 불만스런 느낌은 결코 사라지지 않는다. 가슴이 풍요한 사람은 완벽한 외적 조건이나 물질적 富를 얻는 데 연연하지 않는다. 그들 역시 어느 정도 관습적인 부와 권력을 누릴 수 있겠지만, 내면에는 아주 섬세하면서도 바탕이 확고한 풍요의 감각을 갖고 있다.

이렇게 타고난 풍요로움을 티벳 말로는 인yün이라고 한다. 최기얌 트룽파 린포체*는 모든 것을 그 자체의 고유한 인에 따라 설명한다. 예를 들어 남자나 여자는 각각 내면에 남자와 여자로 완성되는 인을 갖고 있다. 내면의 인은 외부 사물의 인을 자석처럼 끌어들이는 성질이 있다. 우리 내부의 인이 현상계의 인과 연결되면 풍요를 느끼게 된다. 그 풍요로움은 최고로 부유한 사람보다 훨씬 더하며, 지갑 속에 돈이 별로 없을 때조차 그렇다는 것이다. 마찬가

---

* 서구에 티벳 불교의 씨앗을 심은 명상의 스승이자 교사. 재능 있는 시인이자 예술가, 철학자이기도 했다.

지로 별 권력을 갖지 못한 상태에서도 힘 있는 자리에 있는 그 누구보다 훨씬 힘이 세다고 느낀다. 두드러지게 예쁘지 않은 사람도 자신이 패션 잡지의 표지 모델 누구보다 더 아름답다고 느낀다. 어떻게 이런 일이 가능할까?

이 같은 마음의 상태는 근본 성품의 광대함과 풍요로부터 생겨난다. 마음의 본성을 명상하면 마음 안에 더 넓은 공간이 만들어진다. 개아심을 해체하는데 쓸 수 있는 더 많은 공간이 생기는 것이다. 이와 같이 마음이 열려 있는 상태에서 우리는 한도 끝도 없이 무한한 잠재력을 발견한다.

풍요로움의 의미는 우리 외부에 있는 것이 아니다. "내가 얻을 수 있는 것이 뭐야?"라든가 "내가 갖지 못한 것이 뭐지?"라는 식의 의문이 삶의 전부가 될 수도 없다. 경험의 풍요로움에 마음을 열면 두려움 없이 충만한 삶을 즐길 수 있으며, 세상을 살아가며 만나게 되는 모든 것에 아름다움을 느끼고 감사하게 된다. 이렇게 한없이 풍요로운 마음이 있으면 길바닥의 걸인조차 우주의 지배자가 된 것처럼 느낄 수 있다.

내면의 풍요를 인정함에 따라 언제 어떤 상황에서도 신뢰할 수 있는 엄청나게 안전한 느낌을 갖게 된다. 스스로를 의지할 수 있다는 사실을 알게 되면 만족과 기쁨이 생겨난다. 좋거나 나쁘거나, 안락하거나 불편하거나에 관계없이 살아가며 만나는 어떤 일도 즐길 수 있다. 아주 잠깐이라도 우리 모두가 이런 경험을 하게 되기 바란다. 그런 경험을 하고나면 우리는 따지고 분별해야 하는 세계에서 맞게 되는 온갖 고난에 대해 좀 더 초연해질 수 있다.

⊘ 부富에 접근하는 비밀번호

본성의 풍요함이 일체 존재에 내재하는 것이라면, 풍요를 경험하기가 왜 그리도 어려운가? 어떻게 해야 우리가 이 부富를 소유할 수 있을까? 그 부에 접근할 수 있는 비밀번호라도 있는 것인가? 그렇다! 풍요에 접근하는 비밀 코드는 ㄱㅗㅇㄷㅓㄱ이다. 공덕이 삶을 어떻게 만들어 가는지를 이해하는 것이 아주 중요하다.

공덕은 우리의 존재 양식은 물론, 우리가 행하는 모든 일에 영향을 미친다. 미래의 우리 모습과 우리가 행할 일에 대해서도 마찬가지다. 이번 생에서 어떤 행운이라도 경험한다면, 그것은 과거에 했던 훌륭한 행위의 열매다. 훌륭한 행위란 우리의 자연스런 선성善性의 표현, 진리 쪽으로 우리를 이끄는 행위를 말한다. 행운은 그저 열심히 노력한 결과로 얻어지는 것이라고 생각할 사람도 있을 것이다. 하지만 사실을 말하자면 행운은 우리의 과거 행위, 그리고 다른 사람들이 우리에게 베푼 친절에서 비롯된다. 공덕이 없으면 아무리 노력해도 행운이 따르지 않는다.

우리들 각자에겐 무엇 하나라도 바람직한 속성이 있다. 다시 말해 신체, 지성, 창조성 등 어떤 측면에서라도 긍정적인 특성이 있고 그로 인해 자신을 특별하게 여기고 자랑스러워하기도 한다. 또한 누구는 믿기 어려울 정도로 엄청난 부를 소유할 수도 있다. 하지만 이 바람직한 특성과 우호적인 환경은 모두가 과거 행위의 결과이지 현재 하고 있는 노력의 결과는 아니다.

이런 사실을 마음에 새긴다면 우리는 뛰어난 능력이나 순탄한 환경에 의지해서 오만방자하게 굴지도 않을 것이고, 행운이 변하거나 사라진다고 낙담하지도 않을 것이다. 긍정적 특성이나 우호적 환경은 '나'나 '내 것'과 동일시하지 않는 한 그 자체로 짐이 되는 일은 없다. 공덕을 '내 것'으로 여기지 말고 그 공덕이 비롯된 곳을 바로 인식해야 한다. 그러면 공덕이 되는 행위를 가려 행할 수 있고, 그렇게 해서 세상을 더 풍요롭게 만들 수 있다. 이것이 현재의 공덕을 재투자하는 최고의 방법이다.

공덕에는 두 가지가 있다. 첫째 종류의 공덕은 우리의 본바탕 지혜가 드러나도록 장애를 없애고 길을 내며, 우리가 나아가는 길을 우호적이고 바람직한 환경과 사건으로 장식한다. 둘째 종류의 공덕은 우리가 그런 환경과 사건을 즐기고 누릴 수 있게 해준다.

첫째 유형의 공덕은 자기중요성을 감소시키고 다른 사람을 이롭

게 하는 몸, 말, 마음의 행위를 통해 쌓을 수 있다. 또한 절대 자유
와 본성의 풍요를 깨달은 이와 연결되고 싶다는 갈망과, 그에 따른
행동을 통해서도 가능하다. 첫째 유형의 공덕을 쌓으려면 자신과
다른 사람의 진정한 행복과 안녕을 증진시키는 조건들을 만들어
내는 인과법칙을 이해하고 활용해야 한다.

첫째 유형의 공덕이 바람직한 환경을 조성하면 둘째 유형의 공
덕이 그런 환경을 현실로 즐길 수 있게 해준다. 재산은 있는데 그
재산을 쓰고 누릴 수 없다면, 누구라도 스트레스에 시달릴 것이다.
재산을 모으는 것도 스트레스지만 그 재산을 지키고 불리는 것 역
시 스트레스다. 그래서 재산이 풍요로움을 주기는커녕 반대 효과
를 내기도 한다.

예를 들어 그대가 처절한 가난 속에 살다가 갑자기 복권에 당첨
됐다고 생각해보자. 첫째 유형의 공덕이 그대에게 부를 가져온 것
이다. 둘째 유형의 공덕은 당첨된 돈을 즐기고 잘 쓰게 해준다. 둘
째 유형 공덕의 도움이 없으면, 갑자기 얻은 재산으로 인해 생겨난
혼란과 스트레스, 갈등이 너무 심해서 차라리 재산이 없는 편이 나
았을 거라고 생각할 수도 있는 것이다.

놀랍게도 둘째 유형의 공덕은 첫째 유형보다 훨씬 쌓기 어렵다.
부富를 즐기는 능력은 세상에 대한 깊은 이해와 감사로부터 온다.
그리고 이해와 감사는 자기중요성을 놓아버릴 때, 오직 그때만 가

능하다. 행운을 즐기기 위해서는 좀 더 세밀한 방식으로 마음을 다스려야 한다. 한마디로 풍요로움은 우리의 근본 성품이다. 하지만 우리 본바탕의 풍요로움을 자기중요성을 구체화하고 표현하는 데에 사용하면, 그 풍요를 즐길 수 있는 능력이 파괴된다. 자기중요성을 놓아야 이해와 감사의 공덕을 경험할 수 있다.

세상을 감사하며 누릴 수 없다면 둘째 공덕이 부족하다는 증거다. 우리에게는 해가 있고 달이 있고 자연이 있다. 아무리 많은 돈을 줘도 살 수 없는 그것들을 우리는 정말로 감사하며 누리고 있는가? 산과 숲, 호수, 강, 그리고 오고가는 계절이 없다면 세상이 어떨지 상상해 보라. 모든 자연물 각각의 아름다움을 음미해 보고 그것들이 그대에게 얼마나 깊은 영향을 미치는지 생각해 보라.

그대는 비할 데 없이 소중한 인간으로서의 삶을 고마워하고 즐기는가? 아무리 많은 돈을 주어도 인간으로 태어나는 권리를 살 수는 없다. 그대가 사람의 몸으로 태어난 것은 첫째 공덕 때문이다. 사람으로 태어난 지금의 이 삶을 소중히 여기고 감사하지 않는다면 그건 둘째 공덕이 부족한 탓이다.

그대의 몸을 한번 생각해 보자. 만약 그대에게 눈이 없거나, 귀가 없거나, 코나 혀, 이가 없다면 어떤 느낌일지 자문해보라. 그대 몸 안의 장기가 제대로 기능하지 않거나, 그대의 의식이나 감각, 지각 혹은 감정에 뭐라도 이상이 있다면 어떨까?

그리고 그대는 정말로 자신의 일을 고마워하며 즐기는가? 우리들 대다수는 아주 열심히 일하느라 삶을 다 소진한다. 자신이 하고 있는 일을 소중히 여기지 않는다면, 그 일에 들인 시간과 에너지의 열매를 수확하지 않을 작정인 것이고, 그러는 것은 둘째 공덕이 부족하기 때문인 것이다. 이 일을 깊이 생각해 봄으로써 스승과 가르침, 수행을 포함해서 그대에게 주어진 모든 것을 감사하고 소중히 여기는 마음을 기르도록 하자.

외부 세계에 저절로 존재하는 재산, 즉 산, 숲, 호수, 사계절, 열두 달, 해와 달의 순환 등이 자신의 공덕으로 인해 존재하는 것이 아니라고 생각해선 안 된다. 그대가 이전에 행한 긍정적 행위 덕분에 그대에게 주어진 것이다. 눈, 코, 귀, 입 등이 제대로 갖춰진 그대의 몸도 그대가 전생에 지은 좋은 카르마로 인해 생겨난 것이다. 이 모든 것이 우리 사람이 갖고 태어난 안팎의 유산이다.

타고난 유산 중에 가장 신비한 것이 마음이다. 우리 마음에는 보고, 듣고, 맛보는 등의 믿기 어려울 정도로 훌륭한 다섯 가지 감각이 주어져서 외부 세계와 우리를 연결해 준다. 그리고 이 다섯 가지 감각 외에도 여섯 째 의식意識, 혹은 정신적 의식을 갖고 있다. 의식에는 세상을 이해하고 이름 붙이는 능력이 있다. 예를 들어 우리는 빛깔, 냄새, 그리고 다른 속성을 종합해서 꽃을 꽃이라고 알아차린다. 사고과정이 시작되기도 전에 경탄할 만큼 복잡한 지식이 한 순간에 떠오른다. 어떤 컴퓨터도, 다른 어떤 기계도 이 마음에 비할 수는 없다.

이 여섯 번째 의식에는 사고과정 자체도 포함되는데, 사고과정 또한 경이롭기 짝이 없다. 여섯 번째 의식은 우리에게 에고를 선물하고, 자신을 소중히 여기고 보호하도록 하며, 온갖 부정적인 감정, 혼란, 고통과 괴로움도 선사한다. 물론 고통과 괴로움을 원하는 사람은 없지만, 괴로움은 우리에게 삼사라의 삶이 아닌 다른 무엇을 경험할 기회를 준다.

우리가 경험하는 모든 것, 괴로움까지 포함한 모든 것이 마음이 갖고 있는 엄청난 잠재력과 활력, 에너지로부터 생겨난다. 비록 우리가 이 거대한 잠재력을 제대로 활용하지 못하는 탓에 삼사라의 미망 속에서 괴로움을 겪을지라도, 우리에게 마음이 있다는 사실을 소중히 여기고 감사할 일이다.

내면을 향한 감사는 헤아릴 수 없을 만큼 많은 좋은 일의 원천이다. 내면을 향한 감사는 개방성과 행복, 겸손을 생겨나게 해서 오만과 질투, 자기중요성으로부터 우리를 보호한다. 내면을 향한 감사는 주위 세계와 다른 존재들을 한껏 즐길 수 있는 길을 열어준다. 아주 작은 감사의 행위도 엄청난 공덕을 가져온다. 깊은 감사를 담은 한 번의 경배는 삼세의 모든 부처님과 보살님들께 지구만큼 큰 공양을 올리는 것과 같다는 말도 있다.

감사와 존경의 마음을 기르지 않으면 사소한 일에 삶을 낭비하게 된다. 예를 들어 우리가 정말 아름다운 장소에서 안거하는 중이라고 가정해보자. 갑자기 오두막에 필요한 것들이 생각나고, 관리인에게 미친 듯이 쪽지를 보내기 시작한다. "나는 이것이 필요하고, 또 저것이 필요합니다." 이런 상황을 유머 감각을 가지고 본다면, 마음이 얼마나 좀스러워지는지를 알 수 있다.

우리에겐 마음이 하나밖에 없다. 하나뿐인 이 마음을 사소한 일에 다 써버린다면 어마어마한 마음의 잠재력을 제대로 활용하지 못하는 것이다. 게다가 그러는 중에 시간까지 낭비한다. 시간은 소중하다. 한번 잃어버린 시간은 되돌릴 수 없다. 우리가 존재하고 있음에 대해 더욱 깊이 고마워함으로써 우리는 둘째 유형의 공덕을 쌓고 삶의 풍요에 연결된다.

감사의 마음이 커감에 따라 내면에 커다란 만족감이 생겨난다. 이 만족감은 풍요로움으로 느껴진다. 이 같은 내면의 만족감을 느낄 수 없다면 이미 소유하고 있는 것에 대한 이해와 감사가 부족하다는 증거다. 갖지 못한 것에만 안달하고 집착하는 마음에는 흡족할 만큼의 소유가 있을 수 없다. 결핍감에 사로잡힌 마음은 정작 중요한 것을 놓친다.

결핍감에 사로잡힌 마음은 부유해질 수가 없다. 그런 마음을 쓰는 사람은 더 가난해지기 쉽다. 결핍 심리를 가진 사람은 권력과 존경이 따르는 지위 보다는 아무 힘도 없고 존경받지도 못하는 자리에 있게 될 가능성이 크다. 그런 사람에게는 사랑받지 못하는 것보다 사랑받는 일이 더 어렵다. 내면에 자리한 분리의 느낌 때문에 부유해지거나 권력을 얻거나 존중받고 사랑받을 기회를 만나기가 정말 어렵다. 그는 모든 것을 원하는 한편으로 자신에겐 그런 것들을 누릴 자격이 없다고 느낀다. 그래서 온갖 혼란과 안전하지 않은 느낌이 생겨난다.

∅ 불안의 치유

만족할 줄 알면 불안이 치유된다. 겉으로는 자만하지만 내면에서는 고통스러울 정도로 불안해하는 사람들이 있다. 그들의 표정은 완벽을 가장할지 몰라도 속옷에서는 악취가 난다. 그들에게는 자기 내면의 불안을 마주할 힘이나 자유가 없다. 그들 내면의 힘은 다른 사람들이 계속해서 자신을 중요한 사람으로 여기게 만들기 위해, 밖으로 드러나는 자신의 인상을 꾸미고 관리하는 데 다 바쳐진다.

이런 불안을 치료하기 위해서는 만족할 줄 아는 마음으로 돌아와야 한다. 우리의 성취에 만족하고, 구도의 길을 가고 있음에 만족하고, 그 밖에 무엇이든 좋은 카르마가 제공한 것에 만족하는 것이다. 만족감은 우리 내면에 채워진 자물쇠를 열고, 거기 묶여 있던 모든 기쁨을 해방시킨다. 그대의 머리와 가슴이 이런 경지에 도달하기 위해서는, 타고난 그대의 자산을 돌이켜 봐야 할 뿐 아니라 습관적인 마음의 전횡과, 그래서 생겨나는 불만까지 돌이켜 볼 필요가 있다.

이렇게 나아가고 있는 그대를 돕기 위해 과거세의 부처님들과 보살님들, 스승들이 남긴 지도가 있다. 부처님과 보살, 스승님들이 구도의 여정에서 마주친 것은 무엇이고, 그들이 한 일은 무엇일까? 어쨌든 그분들의 자비 덕분에 그대는 믿기 어려울 정도로 다양하고 소중한 정보를 이용하고 누릴 수 있다.

그 일을 할 수 있는 사람은
그대뿐이다

인류에겐 스승이 필요하다. 깨달음으로 가는 수행의 길에서 스승은 어찌하면 우리 자신을 제대로 지켜볼 수 있는지를 가리켜 보인다. 아이디어는 단순하다. 자신의 마음을 지켜보라. 마음을 가지고 자신이 무슨 일을 하는지, 그리고 마음을 어떻게 변화시키는지를 보라. 하지만 막상 그렇게 수행하려 해보면 말처럼 쉽지는 않다. 마음을 명료하게 보려면 에고가 관여되지 않은 상태에서 봐야 한다. 이렇게 마음을 지켜보는 과정에서는 스승의 존재가 특히 중요하다. 스승은 우리가 명료하게 볼 수 없는 것을 가리켜 보이기 때문이다.

11세기 인도 출신의 위대한 불교학자 아티샤Atisha*는 우리의 약점을 열심히 문질러 닦아내는 것이 위대한 가르침의 정수精髓 중의 정수라고 가르쳤다. 이렇게 아픈 곳을 가리켜 드러내는 것이 스승의 일이고, 그런 의미에서 스승은 위대한 거울이다.

때로는 스승이 우리를 모질게 대하는 듯 보일 수 있다. 우리는 줄곧 야단맞고 숨 돌릴 새도 없이 닦달을 당하면서, 성취한 만큼 인정받지도 못하는 것 같다. 하지만 꼭 그렇게만 받아들일 일이 아닌 것이 그러는 중에 뭔가 근본적으로 멋진 일이 일어난다. 평소 보지 못했던 자신의 모습을 보게 되는 것이다.

나의 스승 딜고 켄체 린포체Dilgo kyentse Rinpoche**를 모시고 있을 때, 린포체의 평정하고 투명하고 너그러운 마음으로 인해 내가 감추고 있는 자기중요성이 저절로 드러났다. 내가 나 자신의 사정이 아무리 중요하고 복잡하다고 생각하더라도, 딜고 켄체 린포체는 언제나 이런 나의 자기몰입을 꿰뚫어 보시곤 했다. 그것은 스

---

* 티벳에 가르침을 편 스승이자 학자. 그의 가르침은 나중에 티벳 불교의 한 유파인 카담파의 토대가 되었다. 불교의 은둔 수행 전통을 엄격히 따른 아티샤는 자기중요성을 줄이는 수단으로 자신의 허물을 드러내는 수행을 강조하였다.

** 20세기에 가장 저명한 닝마파의 스승. 19세기에 살았던 종파를 초월한 위대한 수행자 잠양 켄체 왕포(Jamyang Kyentse Wangpo)의 화신인 딜고 켄체 린포체는 위대한 수행자의 모든 자질을 갖춘 것으로 알려져 있다. 20년 이상 은둔 수행을 했고, 성취를 이룬 많은 스승께 배운 그는 중생을 이익되게 하는 일에 일생을 바쳤다. 나의 본사(本師)이시다.

승과 제자 사이의 말없는 이해였다. 그것이 내가 린포체로부터 배운 소통 방법 중 하나다.

나는 이 같은 상호작용이 다른 사람들과의 사이에서도 일어나는 것을 보았다. 정말 미친 듯 광포한 마음을 가진 사람이 린포체와 함께 하는 순간 바로 온순해지곤 했다. 거울로서의 스승이란 말이 뜻하는 바가 바로 이것이다. 스승은 우리가 어떻게 집착하고 있는지를 드러낼 뿐만 아니라 우리의 근본 바탕에 존재하는 정상적 정신 상태까지 함께 비춰 보여준다. 이것이 스승과 제자 관계의 주된 목적이다.

스승이 거울 역할을 하기 위해서는 우리에게 거울을 들여다 볼 의향이 있어야 한다. 그럴 의사가 없다면 우리 주위에 아무리 많은 거울이 있어도 자신의 때와 얼룩을 발견할 수 없을 것이다. 두렵긴 하지만 일단 거울을 들었으면 흔연히 거울 속을 들여다봐야 한다. 마음만 조금 바꿔 먹으면 된다. 오랜 세월 수행했다고 해서 저절로 되는 일도 아니다. 스승이 있어야 하고 문중門中 조사들의 축복이 있어야 가능한 일이다.

스승, 문중, 그리고 수행의 길에 연결되어 있다는 사실이 거울을 들여다보는 일을 두려워하지 않게 해준다. 실제로 스승이며 문중은 방편을 써서 우리 스스로 온갖 오점을 보게 하고 그것들을 닦아 낼 필요가 있음을 느끼게 한다. 그리고 그런 일을 할 사람이 자신

뿐임을 알게 만든다. 우리는 더 깊은 경지에 이르러 불법의 가르침을 생활 속에 통합하게 되기를 간절히 바란다. 가르침은 우리 존재 깊이 스며들어야 하는 것이지 머리로 이해하는 것은 별 의미가 없다. 언제나 명심하고 잊지 말 것은 한 가지, 모든 가르침은 자기중요성을 줄이는 방향을 가리킨다는 사실이다.

자기중요성이 줄어들수록 진리를 위한 공간이 늘어나고, 언제나 우리와 함께 하고 있는 부처님, 보살님들의 축복이 커진다. 거울을 들여다볼 의향을 갖고 이 길을 가기만 하면 이생과 다음 생에 반드시 결실이 있다.

우리가 문중의 지혜와 자신의 지혜에 깊이 감사하며 차분하고 기쁜 마음으로 자기반조를 행할 때, 스승의 마음이 우리 안에 자리 잡는다. 우리가 자신을 믿고 의지함에 따라 내면의 스승은 우리가 가는 길이 안전함을 느낀다. 우리는 그렇게 지켜보는 일이 우리를 자유로 이끈다는 것을 알기에 자기반조를 행할 용기를 낸다. 그러면 일체의 경험이 우리를 비추는 거울이 되고, 경험 하나하나가 집착하는 마음을 넘어설 수 있는 기회가 된다.

아무리 많은 수행을 하고 또 수많은 안거를 거쳤더라도, 자기반조를 쉬어도 되는 '고참'의 수준 같은 것은 없다. 그렇게 기대하는 마음이 있다면, 그런 마음이야말로 우리가 그릇된 길로 가고 있음을 보여주는 징표다. 우리는 피곤해져서 더 나아가고 싶지 않을 수도 있고, 이미 도달했다고 여길 수도 있다. 하지만 어떤 경우에도 지켜보려는 열정을 쉬어서는 안 된다. 지켜보려는 열정은 깊어지고 커져야 한다. 크고 깊은 열정 자체가 성취의 징표다.

자기반조의 길에서 여정의 시작과 중간, 마지막을 평가하는 최종 평가자는 그대 자신이다. 오직 그대만이 무슨 일을 해야 할지 알며, 그 일을 할 수 있는 사람도 그대뿐이다. 자신을 분명하게 평가하는 법을 알기만 하면 이 일은 그리 어렵지 않다.

2장

두려움 없이
돌이켜보라

.

.

.

.

대개의 사람들은 자기 자신을 아주 좋아한다.

그리고 자신으로 존재하는 일에 중독되어 있다.

이것이 모든 고통과 두려움의 근원이다.

삶의 모든 순간에서 돌이켜보는 정신을 견지하면

자신과의 연애 스캔들이 서서히 모습을 드러내기 시작한다.

'돌이켜보기'는 에고와 습관의 감옥에서 벗어나는 열쇠이자,

무한한 자유와 지극한 행복으로 가는 비밀번호다.

적을 물리치기 위한
용기 단련하기

용기를 단련한 수행자는 진정한 전사戰士가 된다. 우리가 치르는 전쟁은 외부에 있는 적을 상대로 하는 것이 아니다. 우리 자신의 습관적 성향과 부정적 감정이라는 막강한 군대를 상대로 한다. 이들 중 가장 강한 적은 두려움이며, 두려움 없는 상태를 원한다면 먼저 두려움을 경험해봐야 한다. 두려움을 피하지 않고 마주하면 두려움을 보는 시각이 달라지고, 깨달음의 성품은 물론 우리가 갖고 있는 신경증neurosys까지도 마주 볼 수 있는 용기가 일어난다.

 어떤 때는 왜 우리가 이렇게 두려워하고 걱정하는지 이해할 것도 같다. 자신의 안녕을 신경쓰지 않는다면 어리석고, 다른 사람을 걱정할 줄 모른다면 이기적이다. 염려하고 걱정하는 마음은 인간의 자연스런 미덕 중 하나다. 하지만 삶을 있는 그대로 받아들이지 못하게 만드는 두려움은 심각하다. 우리는 세상에 대해 '아니no'라고 하고, 카르마에 '대해 '아니'라고 하고, 모든 것에 대해 '이게 아니야'라고 부르짖는 자신을 발견한다. 그러는 삶은 매우 고통스럽다. 끊임없이 지금과는 다른 삶을 바라며 삶을 낭비한다면, 자신의 삶이 아니라 타인의 삶을 사는 거나 매한가지다. 혹은 자기 자신을 맘에 들어 하지 않으면서 마지못해 사는 것과 같을 것이다. 그러는 동안 삶의 다양한 경험들이 부지불식간에 지나가 버린다.

얼마 전에 어떤 사람이 내게 죽음을 두려워하는지를 물었다. 사실을 말하자면 나는 자신을 소중히 여기고 방어하는 데 치우쳐 인생을 충만하게 살지 못할까봐 더 두렵다. 두려움에 떠밀려 사는 삶은 소파가 낡지 않게 하려고 비닐 커버를 씌우는 것과 같다. 두려움에 끌려가게 되면 삶을 즐기고 감사할 힘을 잃는다.

삶을 긍정하고 충만하게 받아들이기 위해서는 용기가 필요하다. 우리의 카르마를 인정하고, 마음과 감정과 삶 속에 펼쳐지는 것이 무엇이든 다 인정하려면 용기가 있어야 한다. 용기는 가장 가혹한 진실조차 맞대면할 수 있는 근본적 개방성이다. 용기는 삶이 주는 모든 고통과 기쁨, 역설, 신비가 들어올 수 있는 공간을 만든다.

인생의 네 가지 고통, 즉 생로병사에 대면하는 데도 용기가 필요하다. 임신 9개월의 엄마가 "두려움 때문에 아이를 낳고 싶지 않아요"라고 할 수는 없다. 두렵거나 아니거나 병원에 가서 아이를 낳아야 한다. 어머니들은 이 일을 아주 아름답게 해낸다. 하지만 오늘날엔 진정한 의미의 용기를 찾아보기 어렵게 되었다.

"늙고 싶지 않아"라고 말할 수는 없다. 누구나 매일매일 매 순간 늙어가고 있다. 아름답게 늙어가고 싶다면 나이 먹는 일을 받아들이고 편안히 여길 수 있어야 한다. 세상에 영원한 것은 하나도 없고 모두가 끝이 있게 마련이다. 다가오는 찰나 찰나가 모두 파괴와 종말의 순간이다. 나이 먹는 일은 영원할 수 없는 존재가 겪는 자연스런 과정이다. 그것을 받아들인 사람은 늙어서도 여전히 빛나는 눈을 간직하게 될 것이다.

"병들고 싶지 않아"라고 말할 수도 없다. 몸을 가진 이상 병드는 것을 피할 수는 없다. 우리 몸은 많은 부품으로 조립된 복잡한 기계와 같다. 몸을 구성하고 있는 부품들은 비영구적인 것이고 고장나기 쉽게 되어 있다. 그대의 차를 얼마나 자주 수리하는지 생각해보라. 차는 몸에 비하면 아주 단순한 기계다. 몸이 하는 일을 알게 되면 아는 만큼 그대는 몸의 정교한 기능에 놀랄 것이다. 우리가 복합체로서의 몸을 받아들이고 인정하면, 놀랍게도 몸의 병을 아주 다른 식으로 경험하게 된다!

마지막으로, "죽고 싶지 않다"는 것도 말이 안 된다. 태어나는 것은 다 쇠퇴하게 되어 있다. 자신의 죽음을 받아들이기 위해서는 엄청난 용기가 필요하다. 아무리 많은 사람이 우리를 사랑으로 돌보더라도 끝내 우리는 사랑하는 사람들을 남겨두고 떠날 수밖에 없고, 집착하면 할수록 이별이 더 고통스러울 뿐이다. 죽음은 혼자 할 수밖에 없는 여행이다. 누구도 우리 고통을 대신할 수 없고, 고통이 일어나는 것을 막아줄 수도 없다. 죽음은 우리 삶의 한 부분이다. 용기와 기쁨을 갖고 죽음을 받아들이면, 우리는 아름답게 이승에서 저승으로 옮겨갈 수 있다.

인생의 네 가지 고통에 맞서는 것은 바닷가에 모래성을 쌓는 일과 같다. 바닷물의 들고남을 고려하지 않고 무작정 모래성 쌓기를 고집한다면, 성을 쌓는 내내 불안하고 두려울 것이다. 그런 식이라면 우리는 나이 들고, 병들고, 죽는 일을 충분히 경험할 수 없을 뿐만 아니라 삶을 즐기지도 못한다. 하지만 우리가 늙고 병들고 죽는 자연스런 흐름을 통찰하고 받아들인다면 맞서 싸우거나 거부할 일이 없다. 피할 수 없는 일을 맞아 절망하지도 않을 것이고, 두려워할 것도 없을 것이다.

열린 마음을 가지면 두려움조차 아주 훌륭한 원군이 된다. 두려움을 마주하는 것은 삶을 마주하는 것이고, 삶을 마주해야 사는가 싶게 살 수 있기 때문이다. 그대는 좋고 나쁘고, 옳고 그르고, 안락하고 고통스런 세상을 초월한 용감한 승리자가 된다. 이와 같은 생각은 내게 특별한 의미를 갖는다. 태어난 때 받은 내 이름

직메 남곌Jigmé Namgyel의 뜻이 '두려움 없는 승리'이기에 그렇다. 어쨌든 두려움 없이 승리하라는 말은 누구에게나 도움이 되는 조언이다.

그대의 피난처는
어디인가

부처님의 생애를 보면, 그분께서 해방의 길을 추구하게 된 까닭은 괴로움, 즉 생로병사의 괴로움을 사무쳐 알게 된 때문임을 알 수 있다. 마찬가지로 우리의 깊고 깊은 두려움으로부터 진리를 향한 추구가 촉발될 수 있다. 만물을 있는 그대로 보기 위해서는 엄청난 용기, 즉 진짜 배짱이 필요하다. 하지만 있는 그대로인 만물의 모습에 마음을 열고 보면, 괴로움이라는 것이 겉보기와는 다르다는 사실을 알게 된다. 기꺼이 두려움의 정체를 살펴보겠다는 마음가짐이 진정한 피난처를 찾기 위한 선행조건이다.

우리 모두는 쉴 수 있는 장소, 안전하고 편안하게 느낄 수 있는 장소를 찾고 있다. 그리고 언제나 우리는 어떤 형태로든 무엇인가를 피난처로 삼는다. 피난처를 찾는 행위는 행복을 바라는 근원적 욕구의 표현이다. 우리는 그런 근원적 욕구를 좇아 진리에 도달하기도 하고, 지독한 괴로움만이 기다리는 신뢰할 수 없는 피난처에 다다르기도 한다.

∅ 신뢰할 수 없는 피난처

우리들 대다수는 현상계에서 안전과 위안을 찾는다. 우리의 성취, 아이디어, 부, 가족 같은 것이 그 대상이다. 가능성은 무한하다. 하지만 그 모든 것은 끊임없이 변하고 쉬 사라지는 것이며, 괴로움의 원인이다. 존재의 네 가지 유전流轉을 벗어날 수 없는 중생들의 삶엔 어디에나 괴로움이 스며들어 있다. 윤회전생의 삼사라가 신뢰할 수 없는 피난처임은 깊이 따져 보지 않아도 바로 알 수 있다.

많은 사람들이 다른 사람과의 관계 속에서 피난처를 찾는다. 하지만 그 관계라는 것이 자기중요성의 주변을 맴도는 수준이기에 인간관계는 복잡하고 예측불가능하다. 관계를 힘의 원천으로 삼아 아무리 신경쓰고 소중히 여기더라도 늘 달걀 위를 걷는 것처럼 위태롭기만 하다. 배우자와 같은 침대에서 자고, 서로의 그릇에서 먹으며, 로맨틱한 말과 몸짓을 교환할 수는 있지만, 여선히 서로를 신뢰하지 못한다. 그러니 사람들과의 관계엔 늘 보이지 않는 위험이 가득하고 언제라도 골칫거리가 될 수 있다.

다른 사람을 소중히 여길 수 있지만, '나'라고 하는 것이 훨씬 소중하다. '너'를 소중히 여기는 건 사실 '나' 때문이다. 이런 식으로 세상을 대하면 혼란과 집착뿐이다. '나'라는 것에 관련해서 문제가 있는 한 '너'와의 사이에도 늘 문제가 있다.

우리는 문제의 이런 측면을 잊고 지내고 싶다. 그냥 삶을 즐기자. 휴가를 가고, 가족과 함께 휴식하고, 사랑을 나누자. 우리를 계속 살아가게 만드는 기준점들이래야 기껏 이런 정도다. 하지만 그 모든 것이 산산이 부서지면 무슨 일이 생기는가? 집착은 여전한데 세상이 산산조각나면 태평스럽게 있기 힘들다. 그런데도 집착은 '고통의 잔을 들이키고 믿을 수 없는 행복의 조건을 추구하라'고 우리를 설득한다.

이런 것들이 우리가 삼사라의 와중에서 추구하는 피난처다. 실패하지 않을 것 같지만 늘 실패한다. 그 피난처들은 안전의 욕구를 채워줄 수 없다. 마음 밖에서 안전을 추구하는 것 자체가 고통과 괴로움을 불러올 수밖에 없는 설정이다. 삼사라에 피난처를 만들면 일시적 행복을 느낄지도 모르지만, 동시에 우리는 좀 더 취약해진다. 그리고 안전하지 않기 때문에 우리는 더 집착하고, 더욱 고통스러워하며, 더 큰 혼란에 빠진다. 결국 우리에게 안전한 곳은 아무 데도 없다. 우리는 이렇게 취약하고 상황은 어렵기만 한데 탈출구는 어디에 있는 걸까?

∅ 실패하지 않는 피난처

괴로움으로부터 도망치는 것 이상으로 더 많은 것을 줄 수 있는 피난처가 세 가지 보배三寶다. 우리를 격려하고 안내하는 부처님佛, 길을 보여주는 법法, 그리고 동료로서의 승가僧와 함께라면, 우리가 겪는 괴로움을 돌파할 수 있는 길이 생긴다. 이 길을 따름으로써 자유로워진 사람들의 사례도 알게 된다. 이 삼보라는 피난처에서 우리는 자신의 혼란을 이해하고, 타고난 본바탕의 지혜를 밝히는 일에 전념할 수 있다.

실패할 수 없는 진짜 피난처를 알게 되면 피난처라 믿어선 안 될 곳이 분명해진다. 사람들과의 관계나 살면서 얻게 되는 부富, 행운 같은 것은 믿고 의지할 것이 못 된다. 사람과의 관계는 변하기 마련이고, 부나 행운도 변함없이 머물 수 없는 것이니, 언젠가는 나를 저버릴 것이다. 세상과 관계 맺는 일과 그 세상에서 피난처를 구하는 일은 전혀 별개 문제다.

어디를 피난처로 삼을지는 가슴으로만 알 수 있다. 오직 그대 자신의 아는 성품知性을 이용해서 삶의 관심사들을 깊고 예리하게 꿰뚫어보라. 그러면 그 관심사들이 얼마만큼이나 피난처 역할을 할 수 있을지 알게 될 것이다. 그런 다음 잠깐이라도 삼보 쪽으로 마음을 돌려보라. 그러면 그대가 그리도 취약하고 발 딛을 데 하나 없는 처지까지는 아니란 느낌이 올 것이다.

무지나 자기중요성이 아닌 진정한 피난처를 찾고 싶다는 생각이 간절해지면, 압도당할 것만 같은 질병, 상실, 미움, 혼란, 고통에 맞설 수 있는 엄청난 용기가 솟아날 것이다. 그러니 존재 깊은 곳에서 동요가 느껴질 때, 귀의의 기도를 암송하도록 하라. 모든 희망이 사라졌을 때, 그냥 그대의 마음이 삼보를 향하게 하라. 삼보에 귀의하는 것이 가장 도움이 됨을 알게 될 것이다. 그대의 삶 가운데서 삼보의 힘을 보게 되면 그대 역시 해방될 수 있다는 확신이 생길 것이다.

∅ 피난처와 자기반조

삼사라의 덧없음을 알고 인정할 때 우리는 해방으로 가는 길로 들어선다. 자기반조 말고는 이 단계에 이를 길이 없다. 습관을 따르는 경향 때문에 우리는 카르마와 삼사라의 괴로움을 부정한다. 인간으로 태어난 소중함과 마음에 잠재된 힘을 무시한다. 온갖 고통을 일으키는 자신의 취약성을 부정한다. 그렇게 부정하는 마음으로 남아 있는 한 수천 번을 귀의해도 전혀 변화가 없을 것이다. 부정하는 버릇이야말로 가장 먼저 포기해야 할 습관이다.

삼사라의 덧없음을 보게 되면 환멸이나 비탄이 느껴진다. 이것은 기억나지 않는 옛적부터 우리가 의지했던 모든 것이 믿고 의지할 만한 것이 아니었음을 깨달은 결과다.* 이런 깨달음으로부터 깊은 포기의 념과 함께 세상을 향한 애정과 슬픔이 일어난다. 진리에 다가가려는 열망이 커질수록 삼보보다 더 진실한 피난처는 없다는 사실을 사무쳐 알게 된다.

단순히 불법을 "선전"하려는 말이 아니다. 그대가 피난처로 귀의한다면 그것은 오로지 그대 자신을 위한 것이다. 그대 말고는 아무도 그대를 이익되게 할 수 없으며, 삼사라에 귀의했을 때 고통에 시달리는 이도 다른 누구 아닌 그대 자신이다. 그대가 선택할 나름이다. 삼사라에 귀의할 수도 있고, 깨어남에 귀의할 수도 있다. 그러나 언젠가는 반드시 의심을 떨치고 결정해야만 한다.

---

* 위대한 스승들 모두가 환멸과 비탄이야말로 진정한 포기를 가능하게 하는 근원이라고 소중히 여겼다.

두려움과 어울려
춤을 추어라

기억할 수 없는 옛적부터 우리는 습관적으로 삼사라에서 의지할 곳을 찾았다. 자아를 보호하기 위해서였다. 자신이라 여기는 사람과의 동일시를 유지하기 위해 몸부림치는 동안, 우리는 습관에 찌들고 두려움에 몰리는 처지가 되었다. 우리 자신이 정말 누구인지를 알아낼 수 있는 유일한 길은 습관이나 두려움과 함께 춤추는 법을 배우는 것이다.

춤을 춘다는 것은 상황을 만든 근본 에너지를 알아차리고 그 에너지와 함께 움직이는 것이다. 보통 우리는 위협적인지 우호적인지로 상황을 평가한다. 내가 얻을 수 있는 것은 무엇이고 잃을 것은 무엇인가? 우리는 의심과 투쟁심을 갖고 모든 일에 접근하면서 자신이 상황을 통제하고 있다고 여긴다. 실제로는 우리의 과거 카르마가 오직 카르마 자체를 연출하고 있을 뿐이다. 어쨌거나 카르마가 연출한 상황에 맞서 싸우기 보다는 함께 어울려 춤추는 쪽을 택하는 것이 훨씬 낫다.

춤추기 위해서는 주위의 대상과 공간을 의식해야 한다. 아무 길로나 다닐 수는 없다. 그리고 파트너에게 주의를 기울이고 책임져야 한다. 전체 상황을 완벽하게 통제할 수 있는 사람은 없다. 이완한 채 춤추는 법을 배우게 되면 두려움이 줄어들고, 습관에 따른 반응을 알아차리게 된다. 여유가 생겨나고 존재 전체를 적시는 온전한 행복감이 밀려온다.

⌀ 우리가 누구인지 알기

습관을 알아차리고 그 습관과 춤추는 법을 배우면 안전과 행복을 느끼게 될 뿐 아니라 우리가 정말 어떤 존재인지도 알게 된다. 우리 삶의 세속적인 면은 물론 영적인 측면에서까지 습관과 두려움을 몽땅 초월해야 한다. 습관이나 두려움 따위는 그저 삶을 꾸미는 장신구와 같다. 걸칠 사람이 없으면 장신구는 아무것도 아니다. 장신구와 우리를 동일시할 수도 있긴 하지만, 장신구가 진짜 우리 자신은 아닌 것이다. 장신구의 중요성에 과도하게 집착하면, 그것들을 초월한 삶이나 만족은 있을 수 없는 듯 여겨질 것이다. 장신구에 집착하는 한 진정한 구도의 길을 가는 것은 불가능하다.

진정한 길은 자신의 진실한 본성을 깨닫는 일과 관련된 것이다. 구도의 길에서 가져야 할 긍정적 특징인 자비와 연민조차도 본래 성품의 입장에선 장식에 불과하다. 우리가 마음이 갖는 이런저런 특징과 자신을 동일시하느라고 바쁘다면, 어떻게 우리의 공空한 성품을 명상할 수 있겠는가? 움켜쥐고 고집하는 것은 자기중심적인 덫이니 공한 성품과 함께 이완할 필요가 있다. 공한 성품은 실체랄 것 없이 툭 트인 일체 존재의 근본 성품이다. 우리의 진실한 본성이며 진짜 모습이다.

∅ 우리 자신을 빈 성품에 길들이기

비어있음을 수련하는 일은 이완하고 놓는 것이다. 형태가 있는 것들 모두가 견고해 보이지만, 집착을 놓기만 하면 비어있음은 곧바로 경험된다. 우리 몸의 외부에 존재하면서 감각의 대상이 되는 사물들만이 모습인 것은 아니다. 생각, 감정, 꿈처럼 우리 내면에 출현하는 것들 전부가 모습이다. 놓아버림을 통해 공간을 자각하게 되면 공간을 꾸미고 있는 장식물의 모습이 있는 그대로 다 보인다. 일체의 형상은 비어있는 성품의 표현인 것이다.

비어있음은 두려움으로부터 우리를 지켜준다. 우리에게 덤벼드는 것들을 두려워할 필요가 없는 것이, 우리와 싸울 수 있을 만큼 견고한 대상은 존재하지 않기 때문이다. 다치지 않으려고 무장하거나 안전을 위한답시고 쓸데없는 것에 매달릴 이유가 없다. 하늘이 구름을 받아들이듯, 두려움과 편견을 떠난 자유로운 몸짓으로 삶에서 만나는 것들 모두를 받아들인다. 그렇게 하는 것이 궁극적인 마음 수련이다.

우리 누구도 병들고, 늙고, 죽는 일을 피할 수 없다. 하지만 그래서 실제로 파괴되는 것이 무엇인가? 아마 우리 신체의 안녕이 무너질 것이다. 하지만 진짜 '나'인 것은 파괴될 것이 없다. 이 '나'는 공간 자체에 대한 경험이다. '나'는 열려 있고, 걸림 없으며, 두려움에서 자유롭다. 인간의 왕국에 만연한 '나고, 늙고, 병들고, 죽는' 엄청난 고통과 괴로움도 우리를 파괴할 수는 없다. 비어있음에 편안해지면 두려움이 없어진다.

있는 그대로 자연스런 상태에 우리 자신을 길들이면서 더 이상 아무것에도 족쇄를 채우지 않는다. 만물에는 고정된 성품이랄 것이 없다. 이와 같은 이해가 없으면 삶에 어려움이 가득할 것이다. 어릴 적 걸음마를 시작할 때 느꼈던 두려움이 성인이 되어서까지 줄곧 이어진다. 부자연스럽지만 오늘날엔 흔한 일이다. 예전 사람들은 삶을 훨씬 깊이 이해했고 더 많이 받아들였었다. 삶에 대한 이해와 수용이 없으면 성인이 되어서도 어린 시절의 두려움을 안고 다니게 된다. 늘 자신의 안녕이 깨질 수 있다는 두려움에 사로잡히게 만드는 막연한 뭔가가 있다.

두려움이나 습관과 어울려 춤추는 법을 모르면—춤추기 위해서는 제대로 위치를 잡고, 적절한 자세로 움직여야 한다—, 두려움과 습관에 제대로 대처할 수 없다. 우리는 두려움이며 습관과 함께 하면서 그것들을 적절하게 다룰 수 있어야 한다. 두려움과 습관은 언제라도 되돌아오기 때문이다.

∅ 불안의 역학

영원할 수 없는 것들에 저항할 때 우리 마음은 불안과 공포로 굳어진다. 우리에겐 고집스럽게 안전의 유사품을 만들어내려는 경향이 있다. 우리는 백일몽과 환상에 매달리며 두려움이 다가오지 못하게 하려 애쓴다. 하다하다 안 되면 '진실한 법에 따르는' 삶을 살겠다는 결심까지 해 본다. 하지만 그러는 것은 집에 불이 났는데 가구를 다시 배치하는 거나 마찬가지다. 자신의 근본 성품을 깊이 꿰뚫어보지 못하면, 불안에 사로잡힐 수밖에 없다.

현대의 라이프스타일에는 불안과 고립이 스며들어 있다. 몇 년 동안 한 동네에 사는 이웃을 모른다. 수년 동안 같은 사무실에서 일하는 사람에 관해 아무것도 모른다. 그리고 그 사람들에게 아무 아쉬울 것이 없다고 생각한다. 세상 속에 살긴 하지만 우리 모두가 외로움과 무력감, 세상과 아무 연결이 없다는 느낌으로 괴로워한다.

어떤 점에서는 TV 속의 인물이 함께 살고 일하는 사람들보다 더 실제처럼 보인다. TV에 등장하는 캐릭터는 이해하기 쉽다. 그들이 어떤 사람인지 시나리오가 분명하게 알려준다. 하지만 실제의 삶에서 함께 사는 사람들에게는 그런 시나리오가 없다. 그래서 알려고 할수록 복잡한 감정과 불안만 생겨난다. 이럴 때 우리는 빨간 불을 정지 신호로 알고 멈추는 것 말고는 세상과 관계 맺는 방법에 대해 정말 아는 것이 없다.

이와 같은 라이프스타일을 갖고 성장하게 되면 고립과 불안을 깨기 어렵다. 스승이나 동료, 혹은 다른 누구와도 일대일로 관계 맺기를 두려워하기 때문에 다른 사람과의 정상적인 관계가 어렵다. 게다가 상황이 조금만 바뀌어도 관계 설정에 곤란을 느낀다. 즐기던 모닝커피가 없고, 익숙한 일상과 환경이 없을 때 우리는 당황한다. 익숙한 환경에서는 두려움과 마주칠 일이 별로 없다. 하지만 상황에 변화가 생기면 우리는 마치 느닷없이 야생에 방사된 가축처럼 된다. 정말로 상황이 변할 때 무슨 일을 할 수 있을까? 늙음과 병과 죽음을 맞을 때, 정말로 바뀐 상황에서 무슨 일을 어떻게 해야 할까?

아무리 많은 것이 변하더라도 우리는 늘 근본 성품에 의지할 수 있다. 그렇게 많은 통제가 필요치 않다. 두려움을 멀리하기 위해 한 가지 직업을 유지하고, 마냥 같은 친구들과 어울리며, 똑같은 음식만 먹으려고 애쓰며 일생을 낭비할 이유가 없는 것이다.

∅ 불확실성에는 생기가 넘친다

대개의 두려움은 불확실성으로부터 생겨난다. 물론 일어날 일을 미리 아는 것은 별로 신나는 일이 아니다. 모든 일을 미리 아는 것은 메뉴에 있는 요리를 이미 다 맛본 레스토랑에 다시 가는 것이나 마찬가지다. 하지만 두려움에 사로잡힌 상태에서는 앞에 무엇이 놓여있는지를 모르면 한발도 내딛지 못한다. 두려움에 지배당할 때 삶은 우리 자신의 삶이 아닌 것처럼 생경하게만 느껴질 것이다.

불확실성을 있는 그대로 내버려둘 수만 있으면 약동하는 생명력과 연결된다. 세상일을 있는 그대로 내버려두는 것이 훨씬 살기 편하다. 그러면 우리는 어떤 상황이 닥쳐도 왜곡하지 않고 경험할 수 있는 마음 자세로 삶과 만나게 된다. 일부러 경험에 맞서 싸우지 않는 한 우리 삶이 경험의 지배하에 있다거나 경험에 끌려가는 운명이라는 식으로 느낄 이유가 없다. 그리고 평화로운 마음이나 친절한 마음, 혹은 다른 긍정적인 마음 상태를 성취해야 한다고 집착할 이유도 없어진다.

공간에 자연스럽게 펼쳐지는 삶을 지켜보며 우리는 우리 자신이 허공임을 깨닫는다. 다채로운 꽃으로 꾸며진 널찍한 정원처럼, 일체의 경험, 즉 습관과 두려움을 포함한 모든 경험이 허공을 꾸미는 장식물이 된다. 툭 트인 자각의 근본 허공이야말로 우리가 수행의 길에 들어서부터 마칠 때까지 줄곧 이야기하게 되는 풍요로움 그 자체다. 우리가 이 허공 속에서 움직일 수 있는 이유는 우리 성품이 허공과 동일하기 때문이다. 허공이 없으면 움직임도 없고 변화도 없다. 허공으로 인해 모든 것이 가능하다!

미혹, 착각, 환영에
대처하는 방법

우리의 본성이 완벽하게 걸림 없이 자재自在하다면, 대체 무엇이
우리 마음을 허우적거리며 윤회하게 만드는 것일까? 마음을 윤회
하도록 몰아대는 힘은 무엇일까?

유정중생有情衆生은 삼사라의 미혹迷惑이란 추진력에 의해 윤회
한다고 말해진다. 미혹, 혹은 티벳 말 튈파trülpa는 실제로는 없는
것을 있다고 보는 착각을 가리킨다. 이런 착각의 뿌리는 무지다.
계속되는 오해, 놀랍지만 고통스럽기 그지없는 이런 오해로부터
인과법칙에 따라 완벽하게 작동하는 세계가 생겨난다.

미혹을 몰고 가는 엔진은 온갖 생각과 신념을 갖고 있는 개념적
마음이다. 그 마음 안에는 더할 수 없이 소중히 여기기 때문에 지

키고 방어해야 하는, 자아에 관련된 은밀한 신념이 있다. 그리고 선과 악, 좋은 것과 싫은 것, 친구와 적, 가능성과 불가능성에 대한 총체적 관념이 존재한다. 때로 우리는 의도적으로 개념적인 마음에 몰입하기도 하고 때로 그러지 않기도 하지만, 마음은 늘 저 자신에 몰입해 있다. 호불호와 신념을 바탕으로 경험을 범주화하고 개념화하는 과정은 끊이지 않고 계속된다.

의식하든 않든 대부분의 시간에 우리는 이 제어 불가능한 추진력에 사로잡혀 있다. 경험을 평가하고 구분하는 범주가 없으면 세상에서 길을 찾을 수 없고, 자신만의 호불호와 의견이 없으면 우리 자신이 누구인지 확실치 않은 듯하다. 그렇지만 사실 이 개념들은 감정에 불을 붙이고 평화로울 수 있는 기회를 박탈할 뿐이다. 개념은 촛불의 파라핀과 같다. 개념이란 파라핀이 공급됨으로 해서 감정의 불꽃이 타오르고 미혹은 생생한 것이 된다.

∅ 생각과 신념의 힘

생각은 순간순간 끊이지 않고 일어난다. 서로 연결되지 않는 생각들이 튀어나오기도 한다. 한 생각에 집착하면, 그 생각이 자비로운 것이든 아니든 우리의 온 우주가 될 수 있고, 그로 인해 우리 삶의 행로가 바뀔 수도 있다. 우리가 정해진 방향으로 가려는 카르마의 씨앗이나 경향성을 갖고 있을 때는 더욱 그렇다.

티벳에 전해오는 이야기 중에, 걸러지지 않은 생각의 힘을 아주 잘 보여주는 이야기가 하나 있다. 어떤 사람이 농부 생활을 접고 산중에 은거해서 수행하며 살기로 했다. 그는 아주 부지런히 수행했고, 그 결과 기적을 일으키는 힘까지도 갖게 되었다. 어느 날 지나가던 사람이 한 줌의 보리 씨앗을 이 수행자에게 주었다. 수행자는 생각했다. "지금 이것을 먹을까? 아니지, 이 씨앗을 심고 가꿔 나중에 수확할 수도 있겠다. 그렇게 하면 나는 자급자족할 수 있게 되고, 다른 사람에게 음식을 구하지 않아도 될 거야!" 수행자는 보리를 심었다. 바란 대로 보리는 잘 자라 온 들판을 덮었다. 그리고 수행자는 여생을 보리를 가꾸는 데 다 바치게 되었다. 수행 중에 일어난 한 생각을 제대로 다루지 못한 탓이었다.

우리가 갖고 있는 신념을 분명하게 살펴보는 일 또한 중요하다. 신념들이 우리 삶에 어떻게 영향을 미치는지, 그리고 그 신념들이 정말로 평화와 행복을 지향하는 우리 의지에 부합하는 것인지? 강한 신념을 갖는 것-정치, 사회, 종교, 혹은 이타적인 신념을 불문하고-이 꼭 문제가 되는 것은 아니다. 하지만 그런 신념이 자기중요성과 얽히게 되면 우리는 감정적으로 그 신념에 몰입하게 된다. 그러면 감정적 반응이 생겨난다. 자기중요성에 압도될 때 우리는 독선적으로 행동하게 되고 지각 있는 존재로서의 존엄성을 잃는다.

여기서 우리는 한 걸음 물러나 전체를 살펴볼 필요가 있다. 자신에 대한 견해는 우리에게 얼마만큼 중요한가? 그 견해들이 원래부터 그렇게 존재했던 것인 양 완강하게 집착하는 것이 도움이 될까? 열린 마음을 쓰면 신념을 배신하는 일이 될까? 자기반조를 통해 이 감춰져 있는 신념과 감정을 알아차리게 되면, 무슨 일을 해야 할지가 분명해질 것이다.

⌀ 다시 지켜보기

서구에선 사람들의 삶이 섹스와 돈, 권력에 좌우된다고들 한다. 물론 그대는 다르게 생각할 수도 있다. "나는 그런 것에 사로잡히지 않아. 나는 다른 동기를 갖고 있어. 정말이지 돈이나 권력을 추구할 생각은 전혀 없다구." 하지만 다시 자신을 들여다보라. 그러면 생각과는 다른 것들을 보게 될 것이다.

언젠가 누군가가 나에게 섹스와 권력과 돈을 추구하는 사람이라고 비난하는 꿈을 꾼 적이 있다. 꿈에서 깬 다음 생각했다. "말도 안 되는 소리! 얼마나 오랫동안 나 자신을 단련해 왔는데, 그런 일에 빠진다는 게 가능키나 한 얘기야? 그 사람이 얼토당토않은 생각을 하는 거지." 하지만 잠시 마음을 고르고 내가 실제로 그럴 가능성을 솔직하게 살펴보자, 전혀 틀린 말은 아님을 알게 되었다. 물론 헐리웃 영화들이 표현하는 것처럼 분명히 드러나는 것은 아니고 내 자신의 심리학적 견지에서 그렇다는 것이다.

나 자신이 다른 사람과 하나가 되고 싶은 깊은 동경을 갖고 있음을 볼 수 있었는데, 그것은 섹스에 빠져들게 되는 길 중 하나다. 그리고 나름 권력에 끌리는 일상의 모든 길을 피하려 하기는 했지만, 미세한 수준에서는 사람들에게 영향력을 발휘하고 싶어 했다. 사실은 힘에 대한 미세한 집착으로부터 모든 권력 추구의 광기가 생겨난다. 그리고 돈에 관해서라면, 돈으로 살 수 있는 자유에 대한 숨은 열망을 보았다. 여행하고, 은거 수행하고, 다른 사람을 도와줄 수 있는 자유가 그것이다. 긍정적인 의도에서 시작된 것일진 몰라도 분명 미세한 집착이 있었다.

자기 생각과 신념의 검토를 통해 우리는 자신의 가장 깊은 집착을 드러낼 수 있다. 그리고 밝은 빛 속으로 나온 집착들은 더 이상 우리에게 힘을 쓰지 못한다.

⌀ 개념적인 마음 꿰뚫어 보기

자기중요성과 애착에 근거를 둔 개념적인 마음은 문젯거리에 불과하다. 생각은 실체 없는 환영이고, 오래 가지 못하는 것이며, 고정될 수 없는 것이다. 생각은 우리에게 도움이 될 수도 있고 장애가 될 수도 있다는 점에서 중립적이다. 생각의 본질을 잘 이해하면 구도의 길에 도움 되는 쪽으로 활용할 수 있다.

개념적인 마음은 막강한 힘을 갖고 있다. 그 마음은 미망을 일으키는 힘에 대항해서 우리를 진리 가까이로 이끌 수 있다. 예를 들어 진실한 법을 탐구하고 깊이 생각하면 무지를 말끔히 없앨 수 있다. 다른 사람을 이롭게 하겠다는 생각은 자기중요성에서 비롯되는 괴로움을 즉시로 없애 준다. 개념적인 마음이 또 하나의 환영에 불과할지라도 이런 식으로 활용하면 미혹의 힘에 대항하는 강력한 힘을 얻을 수 있다.

하지만 미혹에 대처하는 가장 강력하고도 궁극적인 방법은 개념적인 마음 자체를 꿰뚫어 보는 것이다.

힘들수록 속도를 늦춰라

속도를 늦추라는 것이 명상을 하란 말은 아니다. 속도를 늦춘다는 것은 그대가 속해 있는 안팎의 허공에 더 많은 주의를 기울인다는 뜻이다. 자유로운 시간이 있을 때 영화관으로 도망치거나 TV 앞의 좀비가 되지 말라는 것도 아니다. 속도를 늦추기 위해서는 좀 더 자연스럽게 행동해야 한다. 안락의자에 앉아서 끄덕거리고 정원에 앉아 백합꽃을 바라보는 시간을 갖도록 하자.

속도를 늦추기 위해서는 우리의 삶과 마음에 자리한 허공에 다시 연결되어야 한다. 고난으로 가득한 힘든 시간을 보낼 때야말로 더욱 속도를 늦출 필요가 있다. 대다수의 사람들이 힘들고 괴로울 때 더 가속하는 불행한 습관을 갖고 있지만 말이다. 삶의 속도를 늦추고, 일어나고 있는 일을 더 명료하게 의식하는 일이 쉽지는 않다. 그렇지만 결국은 속도를 늦추는 것이 도움이 된다.

어떤 사람은 커피 한 잔 마시지 않고도 마치 핏속에 카페인이 잔뜩 들어 있는 것처럼 조급한 행동을 보인다. 행동이 촉급한 것은 티벳말로 룽타hungta라고 하는 자연 에너지가 부족한 탓이다. 매일 아침 일어날 때부터 우리는 삶의 갖가지 필요에 따른 불안으로 긴장한다. 그러니 우리는 하루 종일 속도를 늦추기 위해 노력해야 한다. 우리 삶에 조금만 여유가 있으면, 잠에서 깨는 순간부터 로봇처럼 치달리지는 않을 것이다. 조금만 더 여유가 있으면 하루 내내 우리는 좀 더 '지금 여기'에 존재할 것이다.

티벳에 이런 이야기가 있다. 이 이야기가 진실임은 내가 보증할 수 있는데, 룽타가 충만한 사람은 아침에 일어나면 머리 매무새에 좀 더 신경을 쓴다고 한다. 룽타가 적은 사람은 벌써 신을 신고 있다. 룽타가 충분한 사람에 대한 이런 묘사는 정말로 촉급하지 않은 사람이 어떤 사람인지를 잘 표현하고 있다. 그러니 아침에 잠이 깨면, 일어나 앉아 몸에서 자신을 느껴보라. 그 다음에는 머리와 머리카락에 신경을 쓰고, 차례로 아래로 내려가며 자기 몸에 주의를 기울여 보라. 신발부터 찾지 마라. 나는 어머니로부터 이 말을 수도 없이 들었다. 어릴 적의 나는 늘 신발부터 찾는 아이였기 때문이다.

∅ 근본 성품을 습관으로부터 분리하기

그대의 행동이 느려지면, 그에 따라 아주 흥미로운 사실을 알아차리게 될 것이다. 마음에서 더 많은 허공을 경험할수록 그대와 감정적 반응 사이에 더 많은 거리가 생겨난다. 그대는 여전히 습관에 따라 반응하지만, 반응들은 전혀 그대에게 달라붙지 않는다. 예를 들어 갖고 있는 애착에 따라 반응이 일어나긴 하지만 그리 심한 애착이 느껴지지는 않는다. 혹은 공격적인 말을 내뱉고는 있지만 정말로 공격적인 느낌은 없다. 이런 경험이야말로 그대의 참 성품을 습관으로부터 분리할 수 있게 해주는 출발점이다.

감정은 그저 감정일 뿐 있는 그대로의 그대 자신은 아니라는 사실을 아는 것이 중요하다. 감정 반응은 학습된 사회적 관행으로부터 온다. 사회로부터 우리는 소중히 여길 것이 무엇인지, 상황에 따라 어떤 식으로 반응해야 하는지와 같은 것을 배운다. 예를 들어 고속도로에서 누가 그대 앞길을 막을 경우, 그대는 그럴 때 다른 사람들이 하는 것처럼 자신도 공격적으로 반응하고 있음을 발견한다. 예전에 본 적 있는 다른 사람의 행동을 불각 중에 따라하고 있는 것이다. 그대는 자신의 반응이 격렬한 것에 놀랄지도 모른다. 이 같은 순간에 행동의 속도를 늦추고 자신의 반응 행동을 돌이켜 보도록 해보라. 그런 반응들이 원래 그대의 자연스런 반응 방식과는 아주 다름을 알게 될 것이다.

짐작조차 할 수 없는 오래 전 과거에 심어진 씨앗으로부터 아주 많은 습관적 경향성이 튀어나온다. 그 씨앗들은 특별한 원인과 조건에 의해 활성화될 때까지, 즉 우리가 애착, 질투, 불안, 공격성에 따라 반응할 때까지, 알라야식alaya consciousness*에 휴면 상태로 있던 것이다. 습관적인 경향성이 어디에서 오든 간에 우리는 신경증적인 경향으로부터 자신을 분리시키는 법을 배워야 한다. 사건이나 사물에 반응하지 말라는 얘기가 아니다. 자신이 하고 있는 반응 행동을 자각하라는 것이다. 습관적인 행동이 영원한 것도 아니고 견고한 실체가 있는 것도 아님을 보게 되면, 그대는 지혜와 자비가 충만한 상태로 반응 행동에 연결될 수 있다.

감정은 우리가 의식하지 않을 때만 우리를 압도할 수 있다. 그대가 감정에 휘둘린다는 것은 개의 꼬리가 몸통을 흔드는 것과 마찬가지다. 자동적으로 반응하는 마음에서는 엄청난 양의 자기 공격성이 생겨나 자기 자신을 혐오하게 만들 수도 있다. 하지만 자신의 감정에 끔찍하다거나 잘못된 것이라는 라벨을 붙인다면 지나치게

---

* '저장하는 창고와 같은 식(識)'으로 알려진, 알라야식은 몸, 말, 마음이 지은 카르마의 흔적을 저장한다. 그 흔적은 필요한 원인과 조건이 갖춰지면 익는다. 알라야식은 감각과 의식 같은 마음의 역동적 측면에 비해 둔하고 활성이 적어 보인다. 하지만 알라야식은 마음의 모든 미혹된 경향의 기반 역할을 한다. 우리는 수면의 첫 단계에서 꿈꾸는 상태로 들어가기 직전에 알라야식을 직접 경험한다.

금욕적인 성향이라 할 수 있다. 그렇게 라벨을 붙이는 이면에는 절대로 감정이 일어나선 안 된다거나, 우리가 부처님처럼 청정해지거나 깨달음에 이르러야 한다는 가정이 내포되어 있다. 반응을 억제하려 애쓰다 보면 결국은 폭발하고 만다. 그러니 자신의 감정에 부정적인 딱지를 붙이려 하지 말고 보다 성숙되고 수행과 조화되는 방식으로 자신의 마음을 다루도록 노력할 일이다.

반응하지 않는 것과 반응을 억제하는 행동을 구분하는 차이는 자각 여부다. 요점은 반응이 표출되고 있음을 자각하는 동시에 반응 행동의 본질을 알아차리고 그 자각을 유지하는 것이다. 습관적인 성향은 이번 생의 원인만으로 일어나는 것이 아니라는 점을 명심하라. 그리고 그 성향이 복잡하고, 심층적이며, 정화하기 어렵기는 하지만 그리 심하게 위협적인 것은 아니다. 우리의 습관은 습관일 뿐, 있는 그대로의 진짜 우리 자신은 아니기 때문이다. 이것이 본성과 습관을 가르는 차이다.

⌀ 확신 키우기

자기 자신을 너무 어려워하거나 지나치게 혼란스러워하지만 않으면, 우리는 습관적인 반응을 넘어서 제정신을 차릴 수 있다. 습관과의 동일시를 적게 할수록, 그리고 근본 성품과의 동일시를 많이 할수록 모든 일이 좀 더 수월해진다. 마음에 공간이 많을수록 반응 행동이 덜 심각하게 여겨진다. 우리는 놀고 있는 아이들을 지켜보듯, 이 반응 역시 얼마 안 가 저절로 사라지리라는 것을 아는 상태에서 반응행동을 관찰할 수 있다.

이런 일이 되풀이해서 일어나면 확신이 생긴다. 우리는 더 이상 제정신을 잃는 일이 없고, 자신의 반응이 자기 자신이라고 여기지도 않게 된다. 그리고 우리는 '반응하는 이'에 대해 별로 신경쓰지 않기 때문에, 금욕적인 견해나 '사악한 나'라는 식의 자기 공격적 관점에 사로잡히지도 않는다. 완전한 깨달음을 얻지 않고도 우리는, 견고하게 고정된 것은 아무것도 없으며 흑백으로 명확히 분별할 것도 없다는 사실을 알게 된다. 그러면 우리는 부정적 카르마를 만들어낼 수 있다는 의미에서 심각한 위험성이 있는 감정 표현을 하지 않게 된다. 사로잡히지만 않는다면, 생각이 강한 카르마를 만들어낼 수 없는 것과 같은 이치다.

전투에 임하는 사람은 적에 대해 연구한다. 마찬가지로 우리는 우리 자신의 감정 반응을 연구해야 한다. 삼사라의 다른 함정들이 다 마찬가지지만, 아무리 애쓴다 해도 살아있는 한에는 감정 반응을 피할 수 없다. 게다가 감정 반응은 다른 신체 감각보다 다루기 어렵다. 신체적으로 우리는 근육이 타버릴 때까지 일할 수도 있고,

진통제를 구할 때까지 두통을 참아낼 수도 있지만 감정의 혼돈과 혼란에 대해서는 참을성이 없다.

우울, 불안, 공포와 같은 강렬한 느낌에 대해 그냥 이완하는 법을 배워야 한다. '고통스럽다'나 '불쾌하다' 등의 라벨을 붙일 필요도 없고 감정을 없애려 애쓸 필요도 없다. 그냥 내버려 두자. 내버려 두는 것이 공포를 피하거나 두려운 대상을 제거하려고 애쓰는 것보다 훨씬 효과적이다. 감정을 피하거나 없애는 것은 절대로 불가능한 일이고 의지로 될 수 있는 일이 아니다. 하지만 마음에 감정을 수용할 만큼 공간이 충분하면 우리는 그 감정들로부터 자신을 깨우는 잠재 에너지를 찾아낼 수 있다. 예컨대 공포의 느낌 속에 깃들어 있는 어마어마한 에너지를 알아차리게 되면 공포에 맞닥뜨려도 두려움이 없다.

그러면 우리는 꼬리에 의해 흔들리는 개의 몸통 같은 신세를 면하고, 진짜 사자獅子 혹은 진정한 전사戰士처럼 느끼게 된다. 머리 위에 하늘을 이고 단단한 땅 위에 허리를 곧추 세우고 앉은 전사가 된다. 이런 식으로 우리는 확신을 키운다. 우리 존재 전체가 정말 신뢰할 만해지고, 마음 상태가 어떻든 간에 우리가 하는 일 모두가 훨씬 더 진실하고 정확해진다.

🍃 우울증 다루기

우울증을 자각하는 것 역시 같은 효과가 있다. 우울한 상태에 넌더리를 내는 사람이 많다. 우울증이 무엇인지 이해 못하면 우울증이 우리를 깔아뭉갠다. 하지만 우울증의 정체를 이해하면 우울증 주위에 더 많은 공간을 허용하고 우울증을 그냥 있는 그대로 내버려 둘 수 있다.

우울증은 많은 경우, 우리가 피하려 애썼던 어둡고 비밀스런 구석이 의식 표면에 떠오를 때 생긴다. 우울증은 가슴이 옥죄는 듯한 느낌이나 상상하기 어려운 불안감을 수반한다. 눈앞에서 땅이 갈라지고 비참하기 짝이 없는 지옥으로 끝없이 추락하는 것처럼 느껴지기도 한다. 혹은 그냥 우울하다고 느낄 수도 있다.

우울증은 강렬한 신체 감각이 수반되는 경우가 많다. 티벳의 전통에서는 이런 신체적 불균형을 쏙렁이라고 하는데, '바람風의 장애'라는 뜻이다.** 그렇지만 어떻게 느껴지든 그 우울증은 그냥 "경험"일 뿐임을 명심하라. 그리고 우울증을 앓는 것은 우리 마음의 구석구석을 알게 된다는 점에서 아주 소중한 경험일 수 있다.

** 티벳어 srog rlung의 뜻은, '생명력의 통로를 여행하는 바람'이다. 티벳 의학 용어로는 중심 통로에 있는 바람이 교란되어 생기는 신체의 불균형을 지칭한다. 중심 통로에서 바람이 교란되면 우울증과 불안, 편집증이 생기기 쉽다.

자신의 마음을 잘 알게 되면 우리는 훨씬 더 자유로워지고 두려움이 없어진다.

신체적인 우울증이든 개념적인 우울증이든 중요한 것은 긴장을 풀고 대해야 한다는 점이다. 두려움 때문에 신체적으로, 정신적으로, 혹은 감정적으로 반응하여 우울증을 부추기지 말고, 그냥 우울증에 대해 이완하도록 하라. 습관적인 반응과 자신을 동일시할 이유도 없고 맞서 싸울 필요도 없다. 맞서 싸우거나 동일시하면 그 반응들은 더 견고하고 대처하기 어려워질 뿐이다. 무엇보다 먼저 우울증을 앓는 것은 그리 큰 일이 아니다. 우울증은 두통에 가깝다. 각성의 빛을 우울증에 비추기만 하면, 우울증은 결코 우리 삶을 지배하지 못한다.

괴로움은 자신만이 겪는 개인적 일이 아니라는 이해로 돌아가는 것이 중요하다. 괴로움은 생명을 가진 존재의 불가결한 부분이며, 우리 모두가 공유하고 있는 것이다. 괴로움에 대해 생각하거나 판단하려 하기보다는 괴로움에 대해 그냥 깨어있을 때 더 큰 이해가 따라온다. 일체의 감각에 대해 깨어있을 수 있으면, 어떤 경험이라도 가치를 인정하고 소중히 여기게 된다.

∅ 배짱과 참을성

수행하는 마음은 균형 잡힌 마음이다. 우리는 어떤 감정이나 생각
도 겁낼 필요가 없고 감정과 생각에 끌려 다닐 이유도 없다. 싸움
이 시작되기도 전에 뒤로 물러나 항복하는 투견장의 개처럼 되어
서는 안 된다. 강력한 습관에 직면해서는 싸울 엄두도 내지 못할
경우가 많긴 하지만 수행하는 마음은 생각과 감정의 모든 스펙트
럼을 수용할 수 있어야 한다. 절대로 자신의 마음을 겁내지 말라.

우리들의 모든 성향이며 곤란, 고통은 자기중요성으로부터 온
다. 자아에 집착하는 것도 강력한 습관이며 하룻밤 사이에 그런 습
관이 사라질 수는 없다. 자기중요성은 우리를 혼자 내버려두지 않
는 노회한 불량배와 같다. 불량배를 다루려면 배짱과 참을성이 있
어야 한다.

내가 소년 시절 살았던 인도의 고향 마을에는 나를 못살게 구는
골목대장 아이가 있었다. 그 애가 쫓아오면 나는 언제나 줄행랑을
놓았다. 그러던 어느 날 나는 도망치지 않고 그냥 한 번 버텨 보기
로 했다. 처음에 그 애는 내 주위를 빙빙 돌았다. 하지만 그런 다음
에는 무슨 행동을 해야 할지 모르는 것 같았다. 그래서 그러다가,
결국은 그냥 가버렸다. 같은 방식으로 자신의 습관에 맞설 수도 있
지 않겠는가?

우리는 각자 성숙의 정도가 다르지만, 다 같은 잠재력을 갖고 있다. 이렇게 보면 우리들 모두는 못할 일이 아무것도 없다. 굉장한 명상 경험을 이야기하는 것이 아니다. 정신 훈련과 명상 수행을 원군으로 활용해서, 각자 나름의 각성 수준 내에서 매일 일어나는 일상의 경험을 다루는 것을 말하는 것이다.

그러니 수행할 때는 자신의 마음 대부분을 내버려둬야 한다. 결코 돌아보면 안 된다는 식으로 생각하지 말라. 그것은 정신의 길에 대한 그릇된 관점일 수 있다. 어떤 내용이든 직접 경험한 것만이 수행의 바탕이 된다. 감정을 쏟아내거나 감정에 빠져들 필요가 없다. 그냥 그 감정들에게 여유 공간을 주고 밝고 분명하게 보자.

세상에 낚시를 던지는 사람

자기반조를 할 때 필시 맞닥뜨리게 되는 것이 하나 있으니, 에고가 적극적으로 만들어내는 고통이다. 이 고통은 세상을 '낚으려는' 에고의 계속되는 몸부림과 연결돼 있다. 에고가 낚시질을 하는 이유는 자아감각을 안전하게 하기 위함이다.

낚시로 세상을 낚으면 자신에 대해 만족하고 기분도 좋을 거라는 생각이 든다. 하지만 바로 거기에 고통의 원인이 있다. 우리가 세상과 그 세상에 사는 거주자들을 낚시에 걸려고 애쓸 때, 많은 희망과 두려움 그리고 여러 가지 복잡한 일들이 생겨난다. 끝 모를 깊은 불안과 고통은 세상을 우리 낚시 바늘에 걸 수 없다는 데서 생겨나거나 세상을 놓아버릴 수 없다는 사실에서 생겨난다.

우리는 삼사라로부터의 자유를 원한다면서, 삼사라를 낚시 바늘에 걸려고 필사적으로 노력하고 있다. 이 모순이 온갖 혼란과 고통스런 감정을 불러온다.

⊘ 무집착과 대담성

세상을 낚시에 걸려는 노력을 멈추지 않는 데는 꽤 그럴듯한 이유가 있어 보인다. 우리는 그러는 것이 도움이 되거나, 만족스럽거나, 우리를 위해 좋을 거라고 생각한다. 정신 없이 세상을 낚고 있지 않을 때는 자신이 생명 없는 사막에 사는 쓸모없는 사람처럼 느껴진다. 이유야 어떻든 간에 우리는 낚시 바늘에 하찮은 뭐라도 걸고 있어야 할 필요를 느낀다. 그리고 우리 낚시에 그럴듯한 것이 걸려 있을 때는, 그것을 놓아버린다는 생각만으로도 삶의 목표가 없어지는 듯 느낀다. 이유가 그럴듯하든 아니든, 세상이 없으면 우리의 삶도 없다. 이 깊은 불안감이 모든 애착의 뿌리이며 우리가 다뤄야 할 문제다.

아무리 애써도 불안감은 다루기가 쉽지 않다. 에고를 놓아버리기 어렵기 때문이다. 애착의 뿌리로부터 자유로워지기 위해서는 자신을 자아에 대한 애착으로부터 해방시켜야 한다. 그리고 우리의 가장 큰 두려움, 어떤 치명적 전염병에 대한 공포보다 더 큰 공포는 자아에 대한 감각을 잃는 두려움이다. 하지만 애착을 놓아버리는 일이 아무리 무시무시하게 느껴진다고 해도 부처님의 가르침 모두가 애착-자아에 대한 애착을 포함해서-을 놓아버리는 일에 관한 것이니 어쩌겠는가?

수행자로서 우리는 불안 위에 삶을 세우는 습관에 대해 의문을 가져야 한다. 우리 삶을 불안이 아니라 무집착의 토대 위에 지어야 하는 것 아닐까? 그러자면 대담함이 요구된다. 집착을 떠난 대담성이 없으면 진정한 자기반조 수행은 불가능하다. 대담하지 않으면 우리는 그저 우리가 되고 싶어 하는 것에만 골몰하게 될 것이기 때문이다.

∅ 정말 우리를 속박하고 있는 것은 무엇인가?

인간 세상 내에 사는 우리에겐 늘 세속적인 것, 즉 음식, 옷, 집과 같은 것들이 필요하다. 우리는 동굴에 살 수도 있고 값진 것이 가득한 대저택에서 살 수도 있다. 어느 경우든 우리가 물건에 속박될지 아닐지를 결정하는 것은 애착이다. 애착이 없으면 하나를 갖거나 수십만 개를 갖거나 물건에 속박될 리가 없다.

불교와 기독교 전통의 많은 은거 수행자들, 즉 석가모니 붓다, 예수 그리스도, 아시시의 성 프란체스코, 밀라레빠* 같은 이들은 세속적인 것에 속박되지 않았기에 존경받는다. 사실을 말하자면 그들을 비범하게 만든 것은 최소한의 소유로 살았다는 사실이 아니라 애착에서 자유로웠다는 점이다.

밀라레빠와 같은 금욕 고행자가 되는 것은 멋진 일이다. 하지만 금욕 수행 자체는 별로 중요하지 않다. 중요한 것은 우리를 이 세상에 좌초하게 만드는 길에서 해방되는 것인데, 우리를 좌초시키는 원인으로 자아 감각보다 더한 것은 없다. 소중히 아끼고 보호해야 할 자아가 있으면, 우리는 애착, 두려움, 불안의 재료를 갖게 된다. 에고는 세상을 낚시질해서 자아를 지켜야 할 필요를 우리에게 설득한다. 이렇게 계속되는 노력으로부터 삼사라의 괴로움은 마르지 않는 샘물처럼 끊임없이 솟아나온다. 그 괴로움의 원천이 바로 우리 자신인 것이다.

그러니 그대가 어떤 사람 혹은 어떤 물건을 낚시 바늘에 걸려고 애쓰고 있는 자신을 발견하거든 자문하라. 나는 무엇을 하고 있는가? 이것이 정말 내가 원하는 것인가? 이것이 진짜 내게 필요한

---

* 밀라레빠는 11세기 티벳의 위대한 수행자로, 특히 저절로 우러난 깨달음의 노래로 유명하다. 밀라레빠는 그가 만나는 사람 누구에게나 노래를 통해 불법을 가르쳤다. 밀라레빠는 깨달음의 정점에 이르기 위해 엄청난 고행을 한 것으로 잘 알려져 있다.

가? 이것이 내 괴로움을 덜고 깊은 행복을 가져올까? 아니면 그저 내 삶을 복잡하게 만들고 이미 갖고 있는 내 버릇을 영구화할 뿐인가? 그대가 낚시질을 하는 것이 당연하다고 다른 사람들이 생각하는 일들에 대해서도 잘 살펴보라. '낚시 바늘에 걸고 걸고 또 걸고, 낚고 낚고 또 낚고……'와 같은 생각은 원래 그대 자신의 생각이 아니다. 세상은 그대가 어떤 것을 낚시로 끌어당겨야 하는지, 그리고 어떤 방식으로 일을 처리해야 마땅한지에 대해 세상 나름의 견해를 갖고 있다. 우리는 남들이 그 자신을 위해 낚기를 원하는 것을 그냥 따라 하는 경우가 많기는 하다. 하지만 그들의 본능이나 생각이 꼭 우리에게도 좋은 것이어야 할 이유가 있을까?

불법佛法의 관점에서 볼 때 금생에서 우리의 가장 큰 소원은 불안과 집착으로부터 자유로워지는 것이다. 우리는 세속의 속박을 벗어 던지고 무집착, 에고 없음**, 일체 존재의 참된 본성으로 뛰어들게 되길 원한다. 그리고 우리가 진실로 "이제 나에게 세속의 삶은 끝났다"라고 말할 때 영적인 구도의 삶도 끝날 것이다. 왜냐

** 에고 없음은 자아(self)와 현상 모두의 진실한 상태다. 자아에 에고가 없다는 것은 모습, 느낌, 지각, 정신 작용, 의식의 내부나 그 근처에 견고하고, 유일하고, 영원히 지속되는 자아는 없다는 깨달음이다. 이 '자아'는 우리 경험을 구성하는 다양한 집합에 우리가 부과한 개념에 불과하다. 현상에 에고가 없다는 것은 일체의 드러난 모습은 상호의존함으로써 생겨난다는 것이고, 그렇기에 독립적이고 객관적으로 존재성을 갖는 현상은 없다는 깨달음이다. 모든 현상은 상대적인 방식으로 존재한다. 우리가 현상의 진정한 존재 양식을 비어있음[空]으로 깨달을 때, 우리는 현상의 에고 없음과 자아 없음을 깨닫는다.

하면 영적인 삶이 지향하는 것은 세속의 속박으로부터의 해방이기 때문이다.

세속의 속박을 벗게 되면 저절로 펼쳐지는 삶을 오롯이 즐길 수 있다. 더 이상 무엇을 낚거나 거부할 필요 없이 그냥 있는 그대로 존재할 수 있다. 더 이상 아무것도 없애려 하지 않으며, 매일 펼쳐지는 카르마에 감사를 느낀다. 마침내 우리는 세속적인 것들, 그것들의 씨앗, 그리고 그 씨앗들로부터 생겨나는 일체의 굴레로부터 자유로워진 것이다.

이 상태를 성취하기 위해 금욕주의자가 될 필요는 없다. 금욕주의는 물질적인 대상에 대한 억제를 몸에 익혀, 에고에 대한 집착을 초월하는 수단이다. 하지만 밖을 향해서는 밥 그릇 하나 말고는 가진 것이 없다 해도, 안으로는 여전히 자아에 집착할 수 있다. 내면을 향한 무집착을 성취한다면, 밖으로 드러나는 모습이 어떤들 무슨 문제이겠는가? 우리는 더 위대한 목적을 위한 방편으로 세속적인 것들을 낚을 수도 있다. 그리고 수행의 길에서 만나게 되는 모든 것을 감사히 즐길 수도 있다.

근원적인 불안감 때문에 세상을 낚는다면, 세상을 낚는 일은 아주 심한 불편을 불러올 뿐이다. 그러니 그대가 "나는 이게 필요해, 그것을 원해, 그것 없이는 못살아"와 같은 말을 하고 있다면, 충족을 보채는 불안 때문에 그러는 것은 아닌지를 자문해 보라. 그리고 그것을 충족시키면 그게 그대에게 무슨 좋은 일이 되는지 살펴보라. 그것을 충족시킬 때 그대 마음이 조금이라도 평안해지고 행복해지는가? 그게 아니라면, 굳이 그대의 삶을 복잡하게 만들 이유가 있을까?

⌀ 큰 욕구, 작은 욕구

큰 욕구는 큰 만큼 더 많은 고통을 일으킬 것이 뻔하다. 예를 들어 미국의 대통령이 되길 바란다면 그것은 큰 욕구다. 하지만 우리가 바보가 아닌 이상 그것이 아주 복잡하고 어려운 문제라는 것을 금방 알아차리고, 무리라는 판단과 함께 욕구를 기각할 것이다.

하지만 작은 욕구들도 꽤 많은 말썽을 일으킨다. 미묘한 욕구들이 매일, 매시간, 매순간 일어나고, 대개의 경우 우리는 그 욕구에 대해 충분히 생각해보지 않는다. 그것을 욕구라고 알아차리기조차 어려울 것이다. 욕구들을 의식하더라도 그것들이 아주 사소하고 그럴 만한 것이라고 소홀히 하기 쉽다. 커피 한 잔이나 초콜릿바 한 개를 먹는 게 뭐 잘못된 일인가? 설령 그것이 건강에 좋지 않거나, 그것에 중독되었다고 한들 무슨 문제인가? 사실은 이 작은 욕구들이 큰 욕구들보다 훨씬 더 크게 마음을 차지하고 엄청나게 많은 괴로움을 만들어낸다.

예를 들어 그 '큰' 욕구가 헐리웃의 스타와 사귀는 것이라면 우리는 무리한 일인 줄 알 수가 있다. 대개는 그 아름다운 사람을 영화 속에서 보며 즐기는 것으로 만족하지, 직접 만나고 사귀는 식의 관계를 만들려고 하진 않을 것이다. 하지만 우리가 쉽게 손을 뻗을 수 있는 사람이라면 어떨까? 그 사람을 우리 그물 속에 잡아넣기는 어렵지 않을 것이다. 우리는 이렇게 현실적인 욕구에 말려든다. 그 욕구들은 잠들어 있던 자기 집착의 씨앗이고, 그 욕구들이 우리를 삼사라에 묶는다.

통제하기 어려운 욕구를 줄이는 한 가지 방법은 이미 가진 것에 감사하는 것이다. 그러면 사소한 것들을 쫓아갈 필요도 없고, 쓸데없이 개아심에 사로잡힐 이유도 없다. 우리의 사소한 욕구가 엄청난 결과를 초래하거나 고통을 줄 리가 없다는 식으로 착각하는 일도 전혀 없게 된다. 욕구 충족에 탐닉하는 동안에도 고통은 있다. 그리고 그런 탐닉의 결과는 삼사라의 고통스런 파동에 사로잡혀 머물게 되는 것이다. 결국 곤경에 휘말리게 될 뿐임을 이해한다면 온갖 집착과 욕구를 부르는 자아에 집착하지 않을 것이다. 그러면 우리의 자각 수준은 훨씬 높아지고, 자아로부터 해방되기 위해 할 수 있는 일은 무엇이든 하게 될 것이다.

⌀ 상상할 수 없는 것을 상상하기

오래된 습관은 뭐라도 쉽게 놓아지지 않는데, 우리가 무엇보다 오래 집착하고 있던 것이 바로 자아다. 대개의 경우 놓아버린다는 생각은 두려움과 불안을 불러온다. 그것은 마치 영겁 동안 망치로 머리를 때리는 것 같다. 망치질을 멈추면 무슨 일이 생길지 상상할 수 없기에 망치질을 멈추지 못한다. 가족, 친구, 소유물에 대한 애착을 놓는다는 생각도 꽤 겁나긴 하지만, 자아라고 여기며 소중히 품고 있던 모든 것-관념적으로도 실질적으로도-을 놓아버리는 일만큼 무섭지는 않을 것이다.

자아를 갖지 않는다는 것은 상상하기 어렵다. 돌아갈 집이 없는 것보다 더 끔찍할 것이다. 그런 식의 불안정한 삶은 상상조차 할 수 없다.

상상할 수 없는 것이 우리 마음에 공포를 일으키고 끝도 없는 불안을 만들어낸다. 그러면 세상을 향해 낚시를 던지는 일이 시작된다. 영적인 낚시질, 세속적인 낚시질, 필요하진 않지만 꼭 가져야 할 것 같은 물건들에 대한 낚시질…… 그렇게 우리 삶은 아주 복잡하고 어수선해지며 외부의 사물에 의존하게 된다. '집'은 삶을 충만하게 살게 해주기는커녕 우리를 속박할 뿐이다. 오히려 집이 없으면 더 가볍고 자유롭게 움직일 수 있을 것이다.

집을 소유하는 것은 생각했던 만큼 중요한 일이 아닐 수도 있다. 모든 것을 놓아버리고 신선한 공기 속에서 살아도 되지 않는가? 이런 식의 확신은 아주 대담하고 도전적이며 훈련하기까지 하다.

⌀ 에고 없음에 대한 명상

에고 없음에 대한 명상은 '삼사라의 윤회를 벗어나게 하는 명상'이라고 불린다. 이 명상을 통해 우리는 에고를 향한 평소의 열정을 넘어서는 훈련을 한다. 아무리 그럴듯해 보이는 명상이라도 에고에 대한 열정에서 자유롭지 못하다면 수상하기 짝이 없는 것이다. 수상함을 알아차리는 것은 명상을 지키는 훌륭한 보호수단이다. 각성하지 않은 상태에서는 아무리 작은 생각 안에도 거대한 자아 감각이 포함되어 있다. 예컨대 "이제 나는 알 것 같아, 내가 명상을 제대로 하고 있다는 느낌이 들어, 명상을 하면 내 기분이 좋아지거든"과 같은 생각이다. 이런 생각 자체가 문제는 아니다. 에고를 소중히 여겨 에고의 경향성을 치유하는 일에 실패했다면, 그 명상은 분명 수상한 것이다.

아내 엘리자베스Elizabeth가 이런 역설을 지적했다. 수행할 때 에고는 아무 도움이 되지 않지만, 아무것이라도 성취하고 나면 에고가 그 모든 공을 가로챘다고. 이런 일이 일어나게 내버려둔다면 우리는 시작할 때부터 끝날 때까지 에고가 우리를 파괴하게 내버려 두는 것이다. 시작할 때는 에고가 장애를 만든다. 끝에 가서는 자신의 공이라고 여기는 에고가 우리의 성취를 파괴한다.

수행이 에고를 위한 소유물이 되면, 우리는 자문하게 될 것이다. 에고로부터 자유로워진다는 명상이 말이 되는 거야? 즐기는 주체가 없다면 우린 뭘 즐기지? 명상이 우리의 열정을 꺾으면 어쩌지? 그건 치명적이다. 우리는 열정이란 풍선이 빵빵하게 부풀어 있기를 바란다. 바람을 빼야 한다면 낙담할 것이다. 애써 우리 가슴에 일상의 열정을 채워 넣었기에 열정을 놓아버리라는 어떤 격려도 마치 펑크를 내려는 소리처럼 들릴 것이다. 우리는 에고가 없으면 우울해지는 것은 아닌지, 혹은 세상사에 무관심해져서 모든 일에 흥미를 잃게 되는 것은 아닌지를 의심한다.

그러나 이는 에고 없음에 대한 오해다. 에고 없음에 이른다는 것은 우리가 가진 '활기'를 잃거나 없앤다는 뜻이 아니다. 세상의 풍요로부터 우리 자신을 단절시킨다는 의미도 아니다. 에고 없음은 단지 희망과 공포, 그리고 세상에 낚시를 던지는 습관 등 움켜쥐고 고집하는 것들을 버리는 것을 뜻한다.

삼사라의 고통을 심하게 당해 보지 않은 사람만이 에고의 평범한 열정을 통해 행복을 얻을 수 있다고 믿을 것이다. 에고가 없는 마음은 훨씬 지혜롭다. 에고 없는 마음은 괴로움의 원인을 알며, 진정한 즐거움과 고통을 분별할 수 있다. 그래서 에고 없는 마음은 엄청난 열정-삼사라의 한계를 초월하겠다는 열정을 갖는다. 평범한 열정을 초월하면 조건 없는 기쁨과 만족이 있는 무열정의 상태에 이른다.

에고 없음으로 가득한 가슴은 충만한 삶을 누린다. 그러니 세상을 낚시하기 위해 열정적으로 노력하는 사람은 자신이 무슨 일을 하고 있는지 살펴보기 바란다. 그런 노력이 그대에게 정말 도움이 되는가? 아니면 괴로움으로 빠져드는 또 하나의 갈고리일 뿐인가? 그리고 나서 세상을 낚시질하는 사람이 누구인지 자문해 보라. 어떤 의미로는 우리 모두가 '낚시를 던지는 사람'이다. 낚시를 던지는 증세에 고착되지 않고 싶으면 에고 없음으로 가는 길을 따르도록 하자.

지금 여기에 존재하는 기쁨

누구나 시원한 해변이나 산정에 앉아 만족스럽게 이완한 상태로 현재에 존재하며, 온전하게 자연의 아름다움을 즐긴 적이 있을 것이다. 또한 해변이나 산정에 앉아서도 자연의 아름다움을 완전히 놓친 경험도 있을 수 있다. 현재에 존재하는가 아닌가는 가장 근본적인 인간의 경험이다.

때때로 꽉 막힌 도로의 차 안에 있게 되면, 나는 다른 차에 타고 있는 사람들이 어떻게 하고 있나 둘러보곤 한다. 사람들 모두가 똑같은 교통체증에 묶여 있지만 각자 다른 세계에 있다. 사람들의 표정만 봐도 각자의 세계는 지구와 화성 사이만큼이나 멀리 떨어져 있다는 걸 알 수 있다. 자신이 만든 부산스러움이나 산만함, 혹은 자기 몰입의 거품 안에 살고 있을 때마다 우리는 삶으로부터 단절되어 고립된다. 이 고립 상태는 희망, 공포, 환상 등, 우리를 현재에 있지 못하게 하고 직접 경험을 가로막는 것들에 의해 지속되고 유지된다.

현재에 존재한다는 것은 멍하니 생각 없는 상태가 아니며 우리가 있는 곳을 벗어날 필요가 있다는 뜻도 아니다. 더 좋은 생각, 더 좋은 감정, 더 나은 장소를 찾을 필요가 없다. 우리가 무지에서 비롯된 행동을 할 때, 즉 백일몽을 꾸거나, 생각 속에 빠져들거나, 자신의 본래 성품을 자각하지 못하고 있을 때, 마음이 현존하지 않는 것이다. 우리는 마음이 현존하는 상태가 있다는 것조차 모른다.

생각이 꼭 현존을 방해하는 것은 아니다. 어떻든 간에 우리에겐 오고가는 생각들을 통제할 방법이 없다. 오고가는 생각을 꿰뚫어볼 수 있는 능력이 필요할 뿐이다. 가장 좋은 예는 잠든 상태에서 꿈을 꾸고 있다는 사실을 알아차리는 것이다. 꿈꾸고 있음을 알아차린다고 해도 꿈의 흐름은 변하지 않는다. 그대는 여전히 꿈의 영상과 내용을 의식한다. 하지만 꿈에 대해 어느 정도 거리감을 느낀다. 그대는 자신이 꿈을 꾸고 있다는 사실을 알면서 자신의 꿈속에 존재한다.

대부분의 경우 우리가 현재에 존재하기를 원치 않는 데에는 특별한 이유가 없다. 그저 현재에 존재해서 뭘 할 건데 하는 생각 때문이다. 우리의 목표는 어떻게 추구할 것이며, 언제 되고 싶어 하는 사람이 될 것인가? 마음속에 혼란이 생겨나고, 우리는 현재에 존재하는 것이 아니라 다른 곳에 있는 다른 사람이 되고 만다.

∅ 다른 존재 되기

지나온 삶을 돌아보면 우리들 대다수는 늘, 있는 그대로의 우리가 아닌 다른 모습이 되기를 원했다는 사실을 알 수 있다. 엄마 젖을 빠는 아기였을 때는 확실하게 현재에 존재했을지 모른다. 하지만 어린 아이 때부터 우리는 다른 모습이 되고 싶어 했다. 몸이 더 커지고, 힘도 세진 큰 아이가 되기를 원했다. 혹은 그냥 더 좋은 옷과 장난감을 가진, 더 귀엽거나 힘센 다른 아이가 되기를 바랐을 수도 있다.

자기 수중에 없는 것을 갈망하고 자신이 아닌 뭔가가 되길 바라는 것은 기본적이고도 공통적인 인간의 조건이다. 우리 누구나 발전하길 바라고 인생에서 가능한 모든 것을 갖고 싶어 한다. 특히 미국인들은 태어날 때부터 행복과 성공을 추구할 권리가 주어진다고 여긴다. 하지만 갈망과 만족을 동시에 손에 잡을 수는 없다. 그래서 갈망 때문에 이미 가지고 있는 것들을 고마워하고 누리지 못한다.

　야심이 갈망을 부추기면 자신의 카르마가 허용한 것 이상을 얻을 자격이 있다고 생각할 수도 있다. 원하는 것은 무엇이든 가질 수 있다는 믿음은 카르마의 인과법칙을 무시하고 있다. 그런 믿음은 우리가 전생에 저지른 행동의 영향과 공덕에 대한 이해가 부족함을 드러낸다.

⌀ 세상을 우리 손안의 귤같이 보기

우리의 부모나 우리가 처한 환경으로 인해 자신이 아주 특별한 사람이라고 확신할 수도 있다. 우리의 지성과 예리한 감각, 아름다움을 보라. 부모의 정자와 난자가 결합한 결과인 우리는 정화精華 중의 정화이니 최상의 것을 누릴 자격이 있다. 아주 어려서부터 우리는 이런 생각에 사로잡힌다.

　학교에서는 대개 경쟁에 기초해서 다른 아이들과 자신을 비교한다. 우리는 판단이 개입되지 않는 명료함으로 자신을 돌이켜보는 법을 배우지 않는다. 우리 성격을 비경쟁적 방식으로 다른 사람의 자질에 비추어 평가하는 법도 배우지 않는다. 시간이 감에 따라 우리가 탁월한 재능을 타고난 아주 특별한 사람이라는 느낌과 함께 에고만 점점 더 발달한다. 우리가 어떤 인물인지 알기만 하면, 온 세상이 우리 발에 대고 절을 할 것이라는 식으로 생각하게 되는 것이다.

하지만 잠재의식 수준에서는 불만의 느낌이 끊이지 않는다. 그 불만스런 느낌은 갈망이 일으키고 야심이 부추긴다. 불만으로 인해 세상을 보는 시각이 왜곡된다. 우리가 줄 수 있는 것은 생각도 않고 얻을 수 있는 것만 본다. 우리는 세상을 자기 소유의 귤인양 여기며, 늘 더 많은 쥬스를 짜낼 방법을 찾는다. 당당한 인간으로 세상에 기여하겠다거나 더 큰 인류 공동체를 위해 헌신하고 싶다는 생각 따위는 아예 없다. 이기적인 야심과 갈망이 초래하는 부정적 성향을 점검하지 않고 계속 끌고 나간다면 자신에 대해 만족하고 행복해질 가능성은 전혀 없다.

부처님은 이런 성향 자체를 부정적이라고 단정하지는 않으셨다. 그런 성향은 우리 경험과 연결될 때 부정적인 것이 되는데, 우리는 그런 성향이 어떻게 문제를 만들고 고통을 일으키는지를 분명하게 보아 왔다. 우리는 어린 시절부터 지금까지 조금도 바뀌지 않은 마음 상태 때문에 괴로워한다. 그러면서 여전히 밖에서 안전과 행복을 찾는다. 그리고 우리의 관심사는 주로 갖거나 갖지 못한 것, 우리 삶에 끌어들이고 싶은 사람과 내쫓고 싶은 사람 같은 문제에 한정된다. 이런 행동이 탐욕과 집착을 일으키는 동기이고 무상함과 괴로움을 부정하게 만드는 동인이다.

우리는 구도의 길에 입문했을 수도 있다. 그렇지만 에고를 소중히 여기고 방어하는 경향에 도전하지 않는다면 내면적으로 변하는 것은 아무것도 없을 것이다. 외면적으로는 진실한 구도에 뜻을 두는 좀 더 영적인 사람이 된 것처럼 보일 수도 있다. 하지만 우리가 안전과 안녕을 느끼기 위해 영적인 구도의 길을 원하는 것이라면, 우리는 끝내 아무것도 변치 않고 그대로일 것이다. 부처님은 이런 성향에 대해 반조해 보라고 가르치셨다.

∅ 자기반조라는 도전

자기반조 없는 영적인 구도가 무슨 쓸모가 있을까? 그리고 자기반조 없이 가는 길이 우리를 어디로 인도할 수 있을까? 우리는 순수한 평화주의자가 될 수도 있다. 세상을 바꾸려 하는 사회운동이나 이상을 추구하는 공동체에 동조할 수도 있다. 하지만 여전히 개인으로서의 우리가 누구인지, 왜 영적인 길을 추구하고 있는지 혼란스럽다. 늘 영적인 길과 인생을 살아가는 방식 사이에 이분법이 존재하며 그 결과 실제 삶에 아무 변화가 없다. 우리는 동시에 서로 다른 방향으로 가려고 두 길에 바퀴 하나씩을 걸쳐 놓은 자동차와 같다.

어찌 보면 모든 길은, 관습적인 것이든 정신적인 것이든 간에 고통으로부터의 해방과 행복을 목표로 한다. 불법, 스승, 자기반조 수행을 통해 우리는 지금 여기에서 그 목표를 성취하기 시작할 수 있다. 고통과 괴로움을 일으키는 원인인 습관적 성향을 초월해 나아감으로써 그렇게 할 수 있다. 하지만 우리에게 정말 삶을 대하는 방식을 바꿀 의사가 있는 걸까? 우리에게 자신의 습관을 바로보기에 충분할 정도로 현존할 의향이 있을까? 이것이 자기반조 수행이 해결해야 할 과제들이다.

변화의 가능성이 생기면 자기 자신과의 연애 스캔들이 드러난다. 그러나 자신과의 관계가 고통뿐이었다고 해도 우리는 자신이 변화할 의향이 있는지를 의심한다. 대개의 사람들이 자기 자신을 아주 좋아한다. 그리고 스스로 생각하는 대로의 자신으로 존재하는 일에 중독되어 있다. 계속 그런 식으로 지내게 될 공산이 크다. 변해야 한다고 생각하면 자신을 홀대하는 것처럼 느껴진다. 그래서 우리는 변화에 저항하고 터무니없는 고집으로 습관적 패턴을 고수한다.

𝒜 변화에 저항하기

우리는 자신의 전략과 목표, 세상을 다루는 자신만의 약삭빠른 방식을 사랑한다. 세상은 그저 언제라도 즙을 짜낼 수 있는 잘 익은 귤만 같다. 우리는 즐겁지 않은 일을 할 때조차 그 일을 처리하는 자신의 추진력과 스피드를 사랑하며, 노여움, 질투, 집착 같은 온갖 부정적 감정과 우리가 겪는 고통의 복잡한 수준들까지도 사랑한다. 그 모든 부정적 감정과 고통을 제거하고도 우리가 여전히 사람일 수 있을까? 그냥 생명 없는 나무토막처럼 되는 것은 아닐까? 물론 부처와 보살은 감정이 없는 나무토막이 아니다. 하지만 우리는 생기를 잃을지도 모른다는 근거 없는 두려움 때문에 변화에 저항한다.

우리는 내면으로 눈을 돌려 자신의 고통을 살펴보기를 꺼린다. 삼보에 귀의하고 나서조차 고통을 마주하기가 꺼려지고, 오랫동안 가르침을 듣고 새기고 수행한 후에도 마찬가지다. 좋은 장소와 훌륭한 지원이 있는 상황에서 수행이나 안거 중일 때조차 여전히 변화에 저항할 것이다.

이런 고집이 유지되는 한, 불법은 그저 사회적인 정체성의 표지가 될 뿐이고, 수행은 사교 행위가 되고 말 것이며, 구도의 길에서 목표한 과업은 끝내 성취될 수 없다. 온갖 습관적 성향과 불만, 삶을 비참하게 만드는 갈망을 지닌 채, 자아를 소중히 품고 보호하는 무지한 인간으로 존재한다는 의미에서 아무것도 바뀌지 않는다. 우리 삶 속에서 부글거리며 끓고 있는 혼란과 신경증의 총량은 절대로 변하지 않을 것이다. 이렇게 살펴보면 변화에 저항하는 것이 얼마나 불합리하고 완고한 태도인지 짐작이 가지 않는가?

고집스러운 중생들을 보며 부처와 보살들은 큰 고통을 느낀다. 부처나 보살에게 고통이 있다면 바로 이것뿐이다. 하지만 그들은 우리가 스스로 변화하기 위해 분발하지 않는 한, 해 줄 수 있는 일이 없다. 그런 분발은 우리 내면으로부터 일어나야 한다. 그것이 우리가 극도로 고통스런 상태일 때—습관을 고집해서 생기는 것이 아닌 고통에 시달릴 때— '깨어나기'가 더 쉬워지는 이유다.

∅ 세상을 느끼고 감사하며 현존하기

우리가 현존하며 깨어 있으면 습관적 성향들이 생겨나긴 해도 그 성향들은 반드시 해체된다. 우리는 자주 습관적 성향에 말려든다. 하지만 그런 줄 알아차리는 순간 마음의 현존이 우리를 원상태로 되돌린다. 현존할 때 우리의 내면은 아주 굉장한 위대함과 성취를 경험한다. 그래서 왜 이제까지 밖을 향해 성취하려고 애썼는지 의

아해 할 수도 있다. 그러면 그때부터 우리 생명과 세상의 소중함을 진심으로 이해하고 감사하는 일이 시작된다.

경탄의 느낌으로 세계 속에 현존할 때 세계를 진정으로 이해하고 즐길 수 있다. 세상은 아주 아름답다. 해와 달, 강, 숲, 초원, 동물, 사계절이 있는 자연세계의 아름다움은 어떤 예술가도 창조해낼 수 없다. 이 모든 것이 작위 없이 존재하며 그대를 즐겁게 한다. 그대가 현재에 존재하면 햇살이 어떻게 몸을 따뜻하게 데우는지, 눈송이 하나하나가 어떻게 떨어지는지를 음미할 수 있다. 14세기의 위대한 학자이자 조사인 퀸켄 롱첸파Künkhyen Longchenpa*는 산들바람에 대한 경험을 "피부 모공에 있는 모든 털들이 바람에 나부끼는 느낌의 즐거움"이라고 묘사하였다. 그대가 피부 모공의 모든 터럭이 바람에 나부끼는 것을 느끼며 즐거울 수 있다면, 더 이상 다른 경지가 필요하지 않을 것이다.

뚱뚱하거나 말랐거나, 맘에 들거나 않거나 간에, 자신의 몸을 느끼고 이해하고 고마워하는 것 역시 중요하다. 몸이 우리 의식을 이 세상에 붙들어 매준다. 죽은 후에 바르도** 상태의 마음은 정신분

---

* 티벳불교 닝마파의 가장 유명하고 중요한 학승이자 명상 스승. 그는 방대한 유식(唯識)의 전적을 모으고, 해석하고, 주석함으로써 유식의 가르침을 보존하고 널리 퍼지게 하였다.

** 티벳어 bar do. 바르도는 죽음과 재탄생 사이의 상태다. 더 세밀하게는 한 순간과 다음 순간 사이의 과도기를 가리키기도 한다.

열증 환자의 마음보다 7배나 빠르다고 한다. 더 이상 물질로 된 몸에 구속되지 않기 때문이다. 우리 중 누군가의 의식이 빠르다고 해도 그 정도로 정신없이 빠르지는 않을 것이다. 그러니 그대가 어떤 몸을 가졌거나 간에, 마땅히 그 몸에 대해 감사해야 한다.

몸 전체의 감각 기관과 시스템 덕분에 그대가 세상을 보고, 듣고, 냄새 맡고, 맛보고 느낄 수 있다. 주방에 있는 채소를 예로 보자. 그대에게 몸이 없다면 그것을 식용으로 쓸 수 없을 것이다. 몸이 있기에 채소를 다듬고, 양념하고, 요리해서 맛있는 요리로 만들어 먹을 수 있다. 먹고 나면 몸은 또 알아서 소화시키고 영양을 취한다. 몸이 없는 존재, 예컨대 바르도 상태의 존재에게는 채소는 그림이나 마찬가지다. 먹고, 소화시키고, 영양을 흡수하는 일과 무관하다. 몸이 유지되어야 세상을 즐길 수 있다. 그러니 그대가 어떤 몸을 갖고 있든지 그 몸을 즐겨라. 몸을 다른 모습으로 만들려 하면 몸과 이미지 사이에 문제가 생긴다. 있는 그대로 몸은 멋진 것이다.

그대의 마음을 찬찬히 음미해보면 역시 엄청난 자연의 선물이 드러난다. 어쨌든 세상을 지각하는 능력은 마음이 주는 선물이다. 안식眼識이 없어서 볼 수 없게 되면 어떨지 깊이 생각해 본 적이 있는가? 듣거나, 냄새 맡거나, 맛보는 식識이 없다면? 그리고 지각된 것을 아는 정신 의식이나 각성이 없으면, 이해하고, 기억하고, 깊이 생각해 볼 수가 없다. 그대가 진실로 현존할 때 마음 자체와 마음이 갖는 여러 기능을 제대로 이해하고 즐길 수 있다.

사람의 마음은 위대한 잠재력을 갖고 있는데, 무지로부터 깨어나 자신을 해방시키고 중생을 이롭게 하는 능력이 그것이다. 누가 이런 능력을 그대에게 줄 수 있겠는가? 그대가 소중한 사람 몸을 받고 태어난 덕분이고, 현재에 존재할 의향이 있기에 가능한 것이다. 내적으로나 외적으로 그대에겐 이 이상 필요한 것이 없다. 외면상 생명을 유지하기 위해 필요한 것은 최소한의 음식, 옷, 거처가 전부다.

불법을 이해하고 즐기면 삶에 더 큰 목적이 주어지는데, 이 목적을 달성하기 위해서는 인내가 필요하다. 수행하고, 공부하고, 집중하고, 완고함에 빠지지 않고, 변화할 능력을 잃지 않는 인내가 필요하다. 인내심이 있으면 가르침과 수행의 문이 자연스럽게 열린다. 인내로 인해 가르침을 받고 수행하기 위한 현존과 각성이 가능해진다. 그러면 즐거움 가득한 장엄한 세계가 모습을 드러낸다.

위대함을 즐기기 위해 이 세상 아닌 다른 세계로 여행할 필요가 없다. 깨어있기만 하면 세상과 우리의 관계가 변한다. 나날이, 그리고 다달이, 그리로 해마다 세계는 더 신비로워지고 상상할 수 없을 만큼 아름다워진다. 깨어있는 5년을 지낸 후에는 5년 전에 보았던 것들이 완전히 다른 모습으로 나타난다. 이때 우리의 삶과 그

삶 속의 모든 것들이 무한한 감사와 찬탄의 재료가 된다. 이런 크고 깊은 기쁨과 만족감은 정말이지 묘사할 길이 없다. 다시 말하지만 우리는 그러한 기쁨과 만족을 우리 자신의 삶에서 찾아내고 이해하기 위해 노력해야 한다.

만물의 본래 성품이 드러날 때 혼란은 없다. 삼사라도 없고 삼사라의 와중에서 고통 받는 중생도 없다. 우리 주위의 모든 것이 지금의 삶을 변형시킬 수 있는 잠재력을 갖고 있다. 그러니 우리에겐 정말로 현존해야 할 이유가 있고, 우리를 몰아붙이는 갈망과 불만에 사로잡히지 않아야 할 이유가 있다.

'자기중요성' 너머의 자유

사람이나 사물에 우리가 사로잡혀 있음을 숙고하는 일은 쉽지 않다. 에고에 대해서라면 더 말할 것도 없다! 우리는 숙고해 보라는 제안 자체에 거부감을 가질 것이다. 하지만 지금도 우리는 자기중요성에 대한 광범한 무의식적 감각에 사로잡혀 있다. 자기중요성에 대한 예리한 자각 없이는 자신을 해방시킬 수 없다. 자기중요성이 세상, 구도의 길, 마음과 우리 사이의 관계를 구체적인 형태로 조성하기 때문이다.

아주 부지런히 수행하고, 봄에 피는 들꽃만큼이나 다양한 수행을 경험할지라도, 그 수행이 특별해지고 싶다는 욕구에 바탕을 둔 것이면 우리의 성취는 모두 에고에 귀속될 것이다. 우리가 향상되고 있다고 여길 때도 실제로는 자기중요성만 강화시키고 있는 상태일 수 있다.

마음의 유연성이 줄어들수록 우리는 더욱 더 스승과 법의 지혜로부터 멀어지고 고립된다. 우리가 받을 자격이 있다고 느끼는 만큼 인정받지 못하면 스승에 대한 감사와 존경심을 잃을 수도 있다. 구도의 길은 실망의 길이 되고 뜻대로 되는 일이 하나도 없는 것만 같다. 특히 자기중요성으로부터의 해방이란 점에서는 정말 아무 진전도 없는 듯 여겨진다.

자기 자신에 대해 수행하는 것이 내키지 않으면, 삼보, 스승, 도반 모두 소용이 없게 되는 것이다. 확신이 없으므로 우리는 모든 문제를 자신에게만 고유한 문제로 고정시키려 애쓴다. 그런 자세로는 누구라도 자신의 참 모습을 볼 수 있을 만큼 자신에게 가까이 갈 수가 없고, 다른 사람 누구의 말도 듣고 싶어 하지 않게 된다. 자신이 실수하고 있을지도 모른다는 다른 사람의 지적을 받아들이고 싶지 않은 것이다. 그런 지적이 우리 정체성의 기반을 뒤흔들고 우리가 보는 세상을 불안정하게 만들 수도 있기 때문이다. 그렇게 되면 모든 것을 처음부터 끝까지 다시 배워야 할지도 모른다. 이런 불확실한 감각은 견딜 수 없다. 그러니 무조건 모든 지적을 거부하는 것이 상책인 것이다.

하지만 세상 만물이 우리를 경배하고 온 인류가 진심으로 우리를 사랑한다 해도 여전히 우리 내면의 고통을 달래기엔 역부족이다. 왜 그럴까? 자기중요성은 에고가 어떻게 작용하는가에는 관심이 없기 때문이다. 자기중요성의 입장에선 거울 속을 들여다보고 자기의 진정한 모습을 보는 일에는 전혀 흥미가 없다.

자부심이나 오만으로 표현되지 않을 때, 즉 완전히 겸손하고 에고로부터 자유로운 모습을 취할 때조차 자기중요성은 자기반조에 하등의 관심이 없다. 그래서 우리는 엄청난 고통을 불러오는 습관적 행동을 고수하게 된다. 고통은 어쩔 수 없는 것이라고 체념할 수도 있다. 하지만 동물이나 신생아도 고통에 대해 아무 생각이 없기는 마찬가지다. 어쨌든 우리에게 진정 필요한 것은 고통의 원인, 즉 자기중요성을 포기하는 것이다.

∅ 자기반조의 기백

깊은 자기반조를 통해 우리는 자기중요성이 줄어들수록 진리를 위한 공간이 생겨나는 것을 본다. 이것을 이해하면 선대의 조사들에 대한 크나큰 감사와 존경, 그리고 그들이 간 길을 따르겠다는 열망이 생겨난다. 선대 조사들은 어떤 식으로 노력했기에 습관적 성향에 따라 끓어오르는 집착을 놓아버릴 수 있었을까? 조사들은 자신의 허물을 봄으로써 그렇게 할 수 있었고, 자신의 약점과 교활함, 세상에 대한 온갖 교묘한 집착을 봄으로써 그렇게 할 수 있었다. 마침내는 자아에 대한 집착을 완전히 놓아버림으로써 괴로움의 원인을 포기하고, 자재하는 불성의 단순성을 깨달았다.

조사들의 사례는 자기반조의 혜택, 즐거움, 진정한 기백을 보여준다. 자기반조는 자신의 숨겨진 허물과 굴곡을 드러내려는 실질적 열정이다. 자기반조는 지켜봄이 우리를 해방으로 이끈다는 사실을 보여준다. 그러니 누군가가 우리에게 오만하다거나, 비참해 보인다거나, 활기 없다거나, 자기중심적이라거나, 탐욕스럽다거나 하는 말을 한다면, 우리는 진심으로 고마워해야 한다. 우리는 자신에게 무슨 일이 일어나는지를 항상 볼 수는 없다. 그것들이 드러나야 알아차릴 수 있다. 우리에 대해 그런 통찰을 전해주는 사람 누구에게라도 고마워함이 마땅하다. 사실 그것은 우리 스스로가 할 일이기 때문이다.

누군가가 그대가 해야 할 일을 지적하면 진심으로 감사하도록 하라. 자신을 무장시키거나 자기중요성을 다시 긁어모으지 않도록 해야 한다. 그런 불안을 숨기는 것은 마음속에 테러리스트를 숨겨주는 것과 같다. 그대의 세상이 아무리 아름답고 우호적일지라도, 에고는 언제라도 그대에게 테러를 가할 수 있다. 에고는 그대가 문제의 뿌리, 즉 자기중요성에 도달할 때까지 테러를 멈추지 않

을 것이다. 그러니 거울 속을 들여다보고 자신을 명료하게 보는 일
을 두려워하지 말라. 그대의 오만함이나 특별하단 느낌조차 평범
한 괴로움이요 고통에 불과한 것이다.

∅ 세상을 우리의 스승으로 여기기

우리의 에고를 공격하는 어떤 피드백도 사실은 축복이다. 우리에
게 세상을 스승으로 여길 의향이 있으면 세상이 우리를 솔직하게
대해주는 것이 고맙다. 비난받고, 베어지고, 조각나고, 파괴되거나
상처받은 느낌을 두려워하지 말라. 당당한 사람들은 이런 식으로
당하는 것을 억울해하지 않는다. 오히려 고마워한다. 자기를 학대
하는 피학성이 있어서가 아니라 내면에 훨씬 큰 그림을 그리고 있
기 때문이다.

　물론 우리 대부분은 친구들 및 신뢰하는 사람의 정직성을 믿고
의지하고 싶어 한다. 하지만 파튈 린포체Patrül Rinpoche, 샨티데바
Shantideva, 과거의 위대한 대성취자들mahasiddha*은 자신에 대한 공

---

* 마하싯다는 완성된 존재 혹은 깨달음을 얻은 존재로, 특히 제자들이 무지와 망상을 벗어나서
깨어나게 만들기 위해서 관행을 벗어난 방법이나 형식을 쓴 사람들을 지칭한다. 파튈 린포체는
19세기 티벳의 스승으로 유랑으로 일관한 극도로 간소한 생활 방식, 겸손한 처신, 그리고 아주

격이 어디에서 오는지를 전혀 신경 쓰지 않았다. 그들이 신경 쓴 것은 오직 자신의 허물과 자기중요성을 꿰뚫어 보는 것뿐이었다.

신뢰로 연결된 개인적 관계에서 오는 것이냐 아니냐에 상관없이 세상으로부터 오는 피드백을 받아들이는 능력은 수행자로서의 힘과 집중력에 좌우된다. 어디에서 오는 것이냐에 상관없이 피드백을 환영하면 할수록, 수련이 더욱 깊어진다. 피드백이 어떤 식으로 오든 현상계는 우리의 스승이다. 그 스승은 우리에게 상처를 주는 한이 있더라도 우리가 진짜 작업을 할 수 있도록 돕는다.

이런 관점에서 우리는 벌레가 우글대는 자신의 깡통을 따고, 그 안을 좀 더 가까이 들여다보기를 원한다. 우리는 에고의 모든 집착으로부터 해방되고 싶어 한다. 집착의 일부가 아니라 일체의 집착으로부터 자유로워지기를 원한다. 우리의 견고한 세계가 아무리 심하게 흔들리더라도 고마워하며, 그 고마움은 더욱 깊어져서 파괴될 수 없을 만큼 확고해진다. 정말로 우리의 안녕을 위협하는 것

심오한 가르침으로 잘 알려져 있다. 잘 알려진 그의 많은 저작 중에도 [완전한 스승의 말씀The Words of My Perfect Teacher(Kunzang Lamai Zhalung)]은 티벳의 수행자들 사이에 가장 널리 읽히는 저작 중 하나다. 샨티데바는 8세기 인도 태생의 스승으로, 대승의 전통에서 가장 중요하게 여겨지고 널리 연구되는 논서 [보살행의 길(Bodhisattvacharyavatara)]을 지은 것으로 유명하다(샨티데바는 한자로는 숙천(淑天)이라 표기하고, 상기 논서는 [입보리행론(入菩提行論)], 혹은 [입보살행론(入菩薩行論)]으로 알려져 있다).

은 자기중요성임을 절감하게 된다. 진실로, 진실로 우리가 포기해야 할 것은 자기중요성뿐이다.

⌀ 자기중요성의 포기

포기는 고통과 괴로움을 맛본 마음 안에서 생겨난다. 하지만 자신으로 인해 괴로움을 맛볼 때조차, 우리는 여전히 알지 못하는 것을 마주하기보다는 우리의 작은 세계에 매달리는 것이 낫다고 여긴다. 에고에 대한 믿음을 대체할 다른 크나큰 믿음이 없으면, 미지와의 만남이 두려울 수밖에 없다. 받아들이고 싶지 않겠지만, 우리는 이미 존재하고 있고 알고 있는 작은 세계에서 버티는 쪽을 선호한다. 우리란 존재가 자발적으로 에고에 봉사하게 생겨먹은 것은 아닐까 하는 생각이 들 정도다. 하지만 지각없이 바보처럼 행동해야 한다고 해도 우리는 에고에 봉사하는 것이 더 '안전하다'고 느낀다.

그야말로 세뇌의 결정판이다. 많은 사람들이 종교에 의해 세뇌될까봐 두려워한다. 하지만 불교에는 세뇌의 공포가 없다. 우리는 자신이 이미 에고에 의해 세뇌됐다는 것을 안다. 에고는 고통과 괴로움만을 만들어내기에, 불교의 가르침이나 수행은 모두 그 세뇌를 푸는데 집중한다. 불교의 가르침이나 수행은 모두가 에고에 영합하는 이런 최면상태를 깨우기 위한 것이다. 명상과 자기반조를 통한 자각이 에고의 '주입'을 증언한다. 우리는 부처님의 여정과 가르침의 중요성을 보기 시작하고, 승가와 종문宗門, 그리고 그들로부터 축복받는 일이 중요함을 알게 된다.

에고를 특별하게 느끼는 감각을 포기함으로써 우리는 에고가 요구하는 일체의 길을 포기한다. 에고가 특별하다는 느낌을 포기하지 않으면 삶에 관련된 모든 결정을 에고가 하게 된다. 그러면 에고가 우리의 길 안내자가 되고, 에고가 가리키는 길을 따르면 결코 어디에도 도달하지 못한다.

에고를 포기하기 위한 과정의 필수 핵심 요소는 겸손이다. 우리 모두는 일상의 문제에 매달려 살아가는 평범한 사람이다. 그런 생각이 자신을 언제나 기어 다니는 아이, 엄마 젖을 빠는 아이, 혹은 엄마의 자궁에서 갓 나온 아이와 같은 초심자로 볼 수 있게 해준다. 그대는 말도 못하게 취약하다. 하지만 그대에겐 모든 무지와 괴로움을 초월해 나아갈 수 있는 엄청난 잠재력이 있다. 겸손을 지키는 이상 결코 자만에 빠지지 않을 것이다. 겸손한 그대는 늘 어떤 대상이라도 주의해서 볼 수 있는 열린 마음을 유지할 것이고, 그런 주시를 통해 자기중요성을 포기하고 안녕을 확보하게 될 것이다.

적과 친구를 구별하는 방법

자기중요성을 초월하여 나아가고 싶다면, 에고의 논리를 무너뜨릴 필요가 있다. 에고의 논리는 언제나 자아를 소중히 여기는 데에 근거한다. 에고는 우리로 하여금 자신을 우선시함으로써 행복을 찾을 수 있을 거라고 믿게 만든다. 하지만 아무리 애써서 에고에게 먹을 것을 마련해 줘봤자, 만족스런 삶은 절대 불가능하다. 에고는 결코 우리가 바라는 만큼 행복을 줄 수 없다. 부와 아름다움, 안전에 대해서도 마찬가지다. 에고에 속아 행복하다고 믿을 수도 있겠지만, 오직 자신에게만 집중하면서 행복하기란 불가능하다. 사실 자유와 행복으로 가는 길에서 우리의 가장 큰 적은 자기중요성이다.

이러한 적敵, 지나치게 자아에만 신경 쓰는 영악한 자기중요성에는 커다란 약점이 하나 있다. 자애심과 보살핌, 연민의 강력한 힘에 대항할 수가 없다는 것이다. 자신에 대한 관심과 배려를 타인에게까지 확장하면, 그 확장을 통해 자기중요성으로부터 자유로워지고 진실한 행복에 이를 수 있다. 우리 관심의 초점에 다른 사람을 두면 에고의 논리가 뒤집어진다. 해보면 마음이 해방되고 자유로워지는 것을 스스로 확인할 수 있을 것이다.

늘 남보다 자신을 우선시하며 쪼잔하게 생각하는 일에 익숙해져 있다 하더라도, 결국 우리는 이 세상에 살고 있고 다른 사람과 깊이 연결되어 있다. 다른 사람에게 뭐라도 베풀 때 세상이 아름다워진다. 우리가 다른 사람을 도우면 그들의 상황이 개선된다. 도움 받은 이들이 고마워하고, 우리는 자신의 삶이 한결 좋아졌음을 보게 된다. 다른 사람을 보살피는 이타심을 키우는 것이야말로 자기중요성을 극복하는 강력한 방법이다.

우리는 뭐라도 잃는 것보다는 얻는 것이 낫다고 습관적으로 생각한다. 하지만 다른 사람의 이익을 위해 우리가 손해를 보더라도 행복하다면, 다시 말해 다른 사람의 행복이 우리의 행복이 된다면, 우리는 언제나 행복할 것이다.

다른 존재들은 우리를 자기중요성으로부터 해방시켜주는 단초가 된다. 살아있는 존재 모두가 우리의 친구라고 말하는 이유다.

누가 친구이고 누가 적인지를 알게 되면, 우리가 갈 길에 대해 확실한 결정을 할 수 있다. 친구와 적을 구별하는 법을 배우면 수행자의 마음에 혁명이 일어난다. 수행자란 안으로부터 밖을 향해 변형되고 있는 사람이다. 수행자가 경험하게 되는 '혁명'이 부정적인 마음을 명료하고 긍정적인 사고 패턴으로 변환시킨다. 이런 변환은 망상이 아니라 직접 경험에 바탕을 둔 것이다. 변화는 머리로 아는 일에 한정되지 않는다. 머리는 물론 가슴까지 깊이 변형된다. 진정한 수행자란 머리와 가슴을 함께 깨어나게 하는 사람인 것이다.

살아있는 모든 것들에게
따뜻함을

삼사라의 와중에도 기쁨과 행복이 있지만 그리 오래 지속되지는 않는다. 행복은 눈 깜짝할 사이에 지나가고 즐거움에는 예외 없이 고통과 괴로움이 따른다. 현대를 사는 우리는 늘 즐거운 마음이 유지되면서 몸도 안락하기를 기대한다. 그러다 곤경에 처하면 뭐가 잘못된 것인지 어리둥절해 한다. 사실 우리는 신뢰하기 어려운 세상에 살고 있을 뿐이고, 그 세상을 벗어날 길은 없다.

∅ 고통은 보편적인 현상이다

태어나고, 늙고, 병들고, 죽는 것을 피할 수는 없다. 곤경에 빠지더라도 우리가 잘못한 것은 전혀 없다. 우리는 그저 자신의 카르마를 받아들이지 않고 있을 뿐이다. 이 신뢰할 수 없는 세상이 어떻게 영원한 행복을 줄 수 있을까? 그리고 우리가 삼사라와 그 삼사라가 모든 생명체에게 초래하는 고통을 인정하지 않는다면, 어떻게 자비심을 느낄 수 있을까?

고통은 우주의 보편 경험이다. 살아있는 존재는 예외 없이 무지와 카르마, 고통에 시달리게 되어 있다. 이 괴로움에 등을 돌리거나 그 고통을 쓸모없고, 성가시고, 파괴적인 것으로 간주하는 대신 자비심을 발전시키는 데 이용할 수도 있는 것이다.

물론 우리가 자신의 고통을 느낄 뿐 다른 사람의 고통을 느끼지 못한다면 자아에 몰입된 상태일 것이고, 자신의 고통을 인지하지 못하는 상태에서 그들의 고통만을 본다면, 그때의 자비심은 추상적이고 공허할 것이다. 그리고 삼사라의 본성이 고통임을 이해하지 못한 상태에서 자신의 고통과 함께 다른 사람의 고통을 본다면, 우리는 간단히 이렇게 결론 내릴 것이다.

삶은 고통스러운 것, 우리가 할 수 있는 최선은 서로 도와 고통을 헤쳐 나가는 것뿐이라고. 하지만 이렇게 접근하면 희망이 없다.

우리는 고통의 원인에 주목해야 한다.

∅ 무지는 비개인적이다

고통의 근본 원인은 무지다. 무지는 삼사라 속의 모든 행위와 경험의 기반이며 보편적인 것이다. 우리 모두는 무지로 인해 생겨나는 온갖 카르마와 고통에 시달려야 하는 운명이란 점에서 동등하다. 이런 관점에서 우리 누구도 잘못이 없다. 자신의 고통에 대해 스스로를 비난할 이유가 없고, 다른 사람을 비난할 이유도 없다. 무지를 비난할 수 있을 뿐이다.

무지는 카르마를 만들어낸다. 카르마는 모든 존재에게서 익어가고 그에 따라 존재들 모두가 고통을 겪는다. 이런 사실이 마음 깊이 사무치면 자기 자신은 물론 모든 살아있는 존재들에 대한 자비심이 저절로 생겨난다.

자비심은 마음가짐과 감정을 변화시킨다. 우리는 곧바로 자기연민과 자기몰입을 놓아버리게 된다. 더 이상 고통을 부정하는 데 빠지지도 않고 더 나은 기분이 되기 위해 안달복달하지도 않는다. 부정하고 안달하는 것 자체가 고통인 것이다. 그러는 대신 우리는 깨어있기 위한 방편으로 고통을 활용할 수 있다. 고통을 이용해서 무한한 자비심, 그리고 타인과의 강한 유대감을 개발할 수 있다. 이렇게 하면 자신이 특별하다는 느낌도 함께 줄어든다. 이렇게 우리는 과거의 부처나 보살들처럼 무지와 망상으로부터 깊이 깨어나 다른 사람을 이익되게 하는 자비의 삶을 살 수 있다.

∅ 무한한 마음

한 사람 혹은 가까운 몇 사람만을 위한 공간밖에 없던 마음도, 살아있는 존재 모두를 받아들일 수 있는 공간을 가질 정도로 확장될 수 있다. 그러는 중에 어느 정도 고통이 느껴지겠지만 곧 마음에 탄력이 붙는다. 마음의 성장을 격려하고 자극하면, 마음은 끊기는 일 없이 우주 끝까지 펼쳐질 수 있다. 마찬가지로 자신만을 생각할 때는 극도로 제한되는 우리의 '아는 성품'도 일체 존재의 깨달음을 열망할 정도로 크나큰 지혜의 잠재력을 드러내게 된다.

잠재력이 깨어난다고 해서 폭발할 시점이 임박했다는 말은 아니다. 성장할 수 있는 힘을 갖고 있다는 뜻이다. 편협한 마음을 넘어 우리 마음이 확장될 수 있도록 자극하는 것이라면 그게 어떤 것이든 고마워하고 가치를 인정해야 한다. 자기 보존만을 위해 모든 것을 바치는 삶에 무슨 의미가 있는가 말이다.

우리 몸이 세상에 나올 때, 자궁 속에서 생존하기 위해 필요했던 태반은 찢겨 나가야 한다. 그래야 숨을 쉴 수 있다. 자기중요성의 자궁을 다시 만들어낸다면 전혀 태어나지도 않았던 거나 마찬가지다. 자신의 안전과 즐거움에만 관심을 기울이는 사람에게 용기가 생길 리 없다. 자아에 쏠려 있는 관심을 모든 중생들을 향한 관심으로 바꿔야 이 한계 너머로 뻗어나갈 수 있다.

윤회에 대한 불가佛家의 관점에 따르면, 모든 중생들은 한 번 이상 우리의 어머니였던 적이 있다. 그들의 크나큰 자애심과 보호를 숙고하면 일체 중생을 향한 크나큰 자애심이 생겨난다. 그리고 우리 마음이 경직되고 편협하게 느껴질 때 자애심을 떠올리면 마음이 부드러워진다.

위대하고 깊은 보리심bodhichitta*의 수행이야말로 수행자가 맞이하는 궁극의 도전이다. 깨어난 마음의 가르침인 보리심에 의해 우리는 생명 있는 일체의 존재가 '고통으로부터의 자유'와 '행복'이라는 똑같은 소원을 갖고 있음을 알게 된다. 보리심은 모든 어머니 중생을 괴로움에서 구해내어 참된 행복으로 이끌라며 끊임없이 우리의 용기를 북돋는다.

---

* 문자적으로는 '깨달은 마음'이다. 상대적인 수준에서 보리심에는 두 가지 측면이 있다. 모든 중생의 이익을 위해서 깨달음을 얻고자 하는 염원으로서의 보리심이 있고, 육바라밀의 수행을 포함하는 실천으로서의 보리심이 있다. 절대적인 보리심은 모든 현상의 본성에 대한 통찰이다.

∅ 우리 어머니의 자애

신생아일 때 우리는 약하고 힘이 없다. 자신의 눈물을 닦을 힘조차 없다. 하지만 어머니의 사랑과 보살핌을 통해 어른으로 자라고 갖고 있던 잠재력의 일부를 실현한다. 자애로운 어머니 덕분에 햇살의 따스함과 산들바람의 시원함을 몸으로 느낄 수 있다. 자애로운 어머니가 인간의 몸을 주셨기에 우리는 법을 수행하고 다른 사람을 이익되게 할 수 있는 기회를 갖게 되었다.

어머니들이 자식들에게 베풀었던 한량없는 자애와 보살핌을 정말로 이해하면 가슴에 한없는 애잔함이 느껴지는 동시에 깊은 감사가 차오를 것이다. 감사의 느낌은 우리 가슴을 따스함과 기쁨으로 채운다. 어머니들의 사랑에 보답하기 위해 우리는 이 따스함과 기쁨을 삼사라 속에서 고통받고 있는 모든 어머니 중생에게 베풀고 싶어진다.

괴로움을 잠자코 견딜 수 있는 존재는 없다. 동물들조차도 고통에서 벗어나려고 끊임없이 몸부림친다. 하지만 안타깝게도 행복으로 이끄는 원인과 조건을 모르니 그칠 새 없는 고통에서 벗어날 방법이 없다. 생명 있는 존재들은 혼잡한 교차로 한 가운데 서 있는 눈먼 사람과 같다. 너무 혼란스럽고 너무 취약하다! 원하는 곳으로 갈 능력이 없으니 한 걸음 내딛기도 두려워 그냥 거기에 서

있을 수밖에 없다. 삼사라 속에 사는 모든 어머니 중생들이 처해 있는 곤경의 상태가 이렇다.

뉴욕 같은 대도시에서 우리는 아주 많은 사람들이 지하철로 몰려 들어가고 또 몰려나오고, 거리에 넘치는 것을 볼 수 있다. 그 사람들은 무엇을 하고 있는 중일까? 모두가 행복을 쫓고 있다. 로스앤젤리스, 캘커타, 베이징 같은 도시의 상공에서 내려다보며 우리는 저 아래 작은 집들 속에 사는 사람들을 상상할 수 있다. 가족, 자녀 없는 부부, 독신 남자, 늙은 여자, 학생 등등. 그들 모두가 각자 나름의 행복을 추구할 것이다.

그 사람들 모두가 바라는 그대로를 얻고, 깨달음을 얻을 때까지 그들의 기쁨이 나날이 더해지기를 진심으로 기원하는 것, 이것이 보리심 수행이다.

∅ 참을 수 없는 것 참아내기

서구 문화에서나 티벳의 문화에서나 넓은 가슴은 관대함과 친절함, 온정, 자비를 연상시킨다. 티벳에서 가슴이 넓은 사람은 낙담하는 일 없이 극도로 고통스런 진실조차 가슴에 담을 만한 용기와 능력을 가진 사람이다.

어려웠던 시절 내내 어머니는 말씀하셨다. "가슴 안에 말이 뛰어다닐 수 있을 만큼 네 가슴을 크게 키워야 한다." 자비심을 갖고 일을 처리한다는 것이 반드시 그 문제를 해결할 수 있어야 한다는 뜻은 아니다. 삼사라는 본래 결코 고정되는 법이 없다. 삼사라는 함께 하면서 초월할 수 있을 뿐이다. 삼사라를 꿰뚫어 보아야 한다는 뜻이다.

자비심에 대한 불교의 전통적 이미지는 하나뿐인 자식이 성난 강의 물살에 휩쓸려 떠내려가는 것을 지켜보는 팔 없는 여인이다. 아이를 구해낼 수 없는 감당키 어려운 고통, 그렇다고 등을 돌려 떠날 수도 없는 그 극심한 고뇌를 생각해 보라! 우리 자신이 자유로워질 때까지는 진정한 도움을 줄 능력이 없다고 하더라도, 보리심 수행에서 살아있는 일체 존재에게 가지려고 애쓰는 무조건적 자비심은 바로 그와 같은 것이다.

자신의 고뇌부터 기꺼이 받아들이겠다는 마음을 갖는 것이 바로 보살의 길이다. 보살의 길이 가능한 것은 괴로움의 진실한 성품이 에고 없음임을 알고 괴로움의 당처는 비어 있다는 것을 보았기 때문이다. 고통으로부터 도망치지 않는다는 것은 "괴로움을 참고 견딘다"는 뜻이 아니다. 괴로움의 진정한 본성을 보았기에, 기쁘게 괴로움을 맞이할 용기를 갖는 것이다.

유머감각은
운명도 극복한다

살아가는 중에 우리는 좀 더 자주 유머를 활용할 수 있다. 유머감
각을 갖는다는 것은 늘 큰 소리로 웃고 활기차게 행동한다는 뜻이
아니다. 만물의 허망한 본성을 바로 보고, 이 미망의 삶 중에서 우
리가 극도로 조심하며 피하려 애쓰는 바로 그 대상에 어쩌면 그렇
게 늘 부딪히고 마는지를 보는 것이다.

　궁극적으로 유머는 세상만물이 모두 허황할 뿐 말도 안 된다는
사실을 깨닫게 해준다. 정말로 말이 되는 유일한 일은 고집하고 있
는 것을 놓아버리는 일뿐이다. 개아심과 감정은 드라마틱한 환상
에 불과하다. 물론 우리 모두는 내 드라마, 네 드라마, 우리의 대립
같은 것이 실재한다고 느낀다. 그렇지만 실제로 마음 밖에서 일어

나는 일은 하나도 없다! 이것이 카르마의 우주적 조크다. 이런 역설에 대해 그대는 웃음을 터뜨릴 수도 있고, 자신의 시나리오를 고집할 수도 있다. 어느 쪽을 택할지는 그대 맘이다.

삶의 모든 측면에 유머 감각을 적용할 수 있다. 안녕과 조화, 평화 같은 긍정적인 측면에조차 유머 감각을 발휘할 수 있는 것이다. 너무 심각하게 받아들일 때 기쁨은 고통이 되고, 평화는 짜증으로 변하며, 조화는 부자연스러워진다. 진정한 조화, 평화, 기쁨을 바란다면 유머 감각을 갖고 이런 심각함을 돌파할 필요가 있다.

유머는 말로 묘사될 수 없는 것이다. 유머는 가슴에서 생겨나고, 그러면 입가에는 미소가 떠오르거나 웃음이 터진다. 유머는 모든 일에 새로운 시각과 관점을 가져온다. 유머는 위대한 친구이며, 때로는 유일한 벗이 될 수도 있다. 특별히 어려운 시간, 다른 사람들 모두로부터 버림받은 것 같은 시기에도 여전히 유머 감각을 잃지 않을 수 있다. 우리의 짧은 생에서, 아버지, 어머니, 남편, 아내, 애인, 자녀, 직업, 돈 같은 것들 일체를 너무 심각하게 여길 이유가 없다. 사실 너무 심각해 하는 것은 웃기는 짓이다. 특히나 티벳 사람들이 하는 말, "버터에서 뽑힌 한 올 터럭처럼" 결국 이 모든 것을 내려놓고 생을 뒤로하고 떠나야만 함을 알 때는 어떻겠는가? 우리는 이 세상에서 갖게 되는 짧은 시간을 심각함으로부터 깨어나려는 노력에 제대로 사용해야 할 것이다.

⌀ 심각함이 그렇게 쓸모가 있나?

이 짧은 인생에서 우리가 성취할 수 있는 것은 많다. 우리는 우리 자신을 포함하는 실재의 성품과 현상의 진실을 깨달을 수도 있다. 그러면 서류 가방을 들고 다니고, BMW를 몰고, 휴대폰으로 친구와 이야기하는 것을 심각히 여기는 일이 얼마나 바보 같은 짓인지 알 것이다. 어떤 점에 대해서는 "좋아, 그것으로 됐어"라고 말해야 한다. 우리의 마음과 감정을 무시하라거나 세상사에 대한 언급이나 토론을 자제하라는 말이 아니다. 단지 심각함이 그렇게 쓸모가 있는 것인지를 자문해 보라는 얘기다.

심각함은 저주일 수 있다. 우리는 아침에 깨어나 잠자리를 빠져나오기 전부터 하루를 계획하기 시작한다. 미리 계획하지 않으면 우리는 그냥 거기 누워 있을 뿐 아무것도 한 것이 없다고 생각할 수 있기 때문이다. 그러면 상사는 우리를 해고할지도 모르고, 배우자는 우리를 끔찍한 사람으로 여길 것이며, 모든 사람이 우리를 한심한 수행자라고 생각할 수도 있고–우리도 그런 생각에 동의할지 모른다! 어느 정도는 계획을 해야 하는 것이 맞다. 하지만 계획을 너무 심각하게 여기면, 자신의 마음과 몸을 고문하고, 소중하기 짝이 없는 날 모두를 스트레스와 고통, 혼란 속에서 낭비하게 될 뿐이다.

아침에 잠에서 깨면 생각과 느낌들이 자연스럽게 일어난다. 얼마나 심각하게 받아들일지는 우리 맘이다. 어떤 사람들은 전혀 심각하게 여기지 않는다. 그들은 좀 멍한 상태인 것 같다. 하지만 이사람들은 생각이나 느낌을 심각하게 받아들이는 사람에 비해 마음과 몸에 훨씬 적은 스트레스를 받으며 하루를 보낸다. 심각해 하거나 책임감을 느끼면 안 된다는 말이 아니다. 그저 우리에게는 좀더 넉넉한 관점과 긍정적인 태도가 필요하다는 말이다.

긍정적 태도를 가지라는 말은 좋은 생각만 하라는 뜻이 아니다. 우리가 하는 일 모두, 듣고 보고 느끼고 연결되는 일 모두에 대해 심각해 하지 말라는 것이다. 나 자신도 때로는 너무 심각하게 행동해서 아주 피곤해지고, 실제로 기진맥진해진다. 하지만 그렇게 심각하게 여기는 일을 그냥 포기하는 것만으로는 아무 도움이 되지 않는다. 진짜 도움이 안 된다. 도움이 되는 것은 좀 더 가벼운 마음과 유머를 갖는 것뿐이다.

그대 자신이 심각함에 사로잡혀 있음을 알면, 설사 아주 심각한 사람이 되는 것이 그대의 카르마라 해도, 그대는 그냥 그 상태에서 벗어날 수 있다. 이것은 아주 심오한 수행이다.

∅ 유머감각 수련

뛰어노는 아이들을 지켜보는 노인처럼 우리 자신의 심각함을 통찰할 필요가 있다. 아이들이 아무리 자기들의 놀이를 심각하게 여기더라도 노인은 재미있어 하며 한 순간도 놀이를 실재하는 것으로 보지 않는다. 우리는 생각과 감정들을 꼭 같은 방식으로 지켜볼 수 있다. 별로 심각해 하지 않는 상태에서, 놀고 있는 아이들을 보듯 생각과 감정에 아주 많은 여유 공간을 줄 수 있다. 이것이 수행자의 마음이 취해야 할 자세다.

'유머 감각 수련'을 시작하기에 너무 이른 때는 없다. 물론 너무 늦은 때도 없다. 다르마다투의 보물Treasury of Dharmadhatu이란 책 속에서 퀸켄 롱첸파는 일반적인 생각의 기준(참조준거)이 중도에서 사라지는 경험을 다음과 같이 묘사한다.

"이 깨달음에 이른 뒤로 내가 갖고 있던 모든 참조준거들이 떨어져 나가고 있다. '나'와 '너'에 집착하던 기반이 이제는 무너졌다. '너'가 어디 있고 '나' 자신은 어디에 있는가? 친구는 누구이고 적은 또 누군가? 이 거칠고 혼돈스런 상태에서 모든 것이 제가 좋아하는 시간에 저 좋은 방식으로 저절로 일어난다. 다른 사람들을 보니 그들은 마치 어린아이 같다. 그들은 실재하지 않는 것을 실재하는 것으로 여기고, 진실이 아닌 것을 진실로 여기고, 소유할 수 없는 것을 소유하려 애쓴다. 하하! 이 놀라운 장관에 나는 웃음을 터뜨린다."

이 깨달음의 단계에서, 우리는 일어나는 것처럼 보이는 현상의 마법과도 같은 본성을 볼 수 있다. 그 단계에서는 옳거나 그르거나, 선하거나 악하거나, 정확하거나 부정확하거나와 같이 어느 한 쪽으로 고정시키려는 것은 정말 우습고 어이없는 일로 보일 것이다.

좀 더 나은 유머 감각과 긍정적 태도를 갖는 열쇠가 자기반조다. 자기반조를 통해 영원하지 않은 것에 대한 고마움이 생겨난다. 견고하고 영원한 것이 아무것도 없음을 보면 그대는 미지의 것들 속에서도 편안함을 느끼기 시작한다. 그리되면 있는 그대로의 만물로부터 신선함과 경쾌함을 느낄 수 있다. 정말이다. 그대도 삶을 이런 식으로 살 수 있다.

결론은 이렇다. 그대 자신과 자신의 감정을 너무 심각하게 여기지 말라. 동일시할 또 다른 '자아'를 찾아라. 분열된 인격을 만들라는 말이 아니라 그대의 진실한 본성과 하나가 되라는 말이다. 그러면 에고가 일으키는 감정들이 그리 심각하게 여겨지지 않는다. 습관적인 일을 할 때라도 유머 감각만 가질 수 있으면, 에고는 그대의 삶을 지배할 방법이 없다. 진심에서 우러나오는 유머 감각이야말로 그대를 그대 자신과 연결시켜주는 가장 중요한 통로다.

⌀ 에고를 광대처럼 다루기

에고를 광대로 치부하고 대응법을 생각해 보자. 광대는 흥미롭다. 광대는 우리를 웃길 수 있지만, 비열하게 굴거나 심술궂어질 수도 있다. 주위에 광대가 있으면 조심해야 한다. 왜냐하면 광대는 그대를 웃음거리로 만들어 곤경에 빠뜨릴 수도 있고, 그대를 희생양 삼아 활극을 연출할 수도 있다. 광대들이 너무 공격적으로 되면 어떻게 방어할지 모르는 그대는 방구석으로 도망치게 될지도 모른다. 놓쳐서는 안 될 요점은 단 한 가지, 광대들의 행동을 알아차리며 깨어있어야 한다는 것이다. 마찬가지로 그대는 에고에 대해서도 경계 태세를 유지해야 한다. 그러지 않으면 에고의 심술에 희생되어 어이없는 상황에 처하게 될 수 있다.

언젠가 내가 에고를 광대처럼 보라는 얘기를 하고 있을 때 청중 중 한 사람이 어쩔 줄 모르고 당황해 하는 것 같았다. 나중에야 알았지만 광대가 직업인 그 사람은 광대가 에고를 가리키는 말로 쓰이는 것이 심히 불편했던 것이었다. 불교의 가르침은 대개 에고를 비방하는 쪽이니, 자신이 모욕당하고 있다고 느꼈던 것이다. 이 일은 광대들조차 에고를 아주 심각하게 받아들임으로써 괴로움을 자초한다는 사실을 보여준다. 나중에 그는 보살의 서원 의식에 참석했다. 그는 그날 아침 일찍 내가 써두었던 이름들 중 하나를 받게 되었는데, 공교롭게도 그 이름은 '웃음의 왕King of Laughter'이었다. 일이 그렇게 되고서야 그는 아주 행복해 했다.

때로 우리가 속상하고 우울하거나 몸이 아파서, 에고는 물론 아무것에도 유머감각을 가지기 어려울 때가 있다. 하지만 무슨 일이든 너무 심각하게 받아들이지 않는 것부터 시작하는 것이 좋다. 심각하단 느낌이 너무 많아지면, 그냥 이렇게 말하라. "됐어, 그만하면 됐어!"라고. 그리고 아무 일이라도 해서 심각함을 털어내라. 팔짝팔짝 뛰거나, 모래밭을 구르거나, 찬 물 속으로 뛰어드는 행동이 그대를 깨운다(안경을 쓴 채로 물에 뛰어들지만 않으면 된다). 무슨 일을 해도 좋지만 그 일에 집착하면 안 된다. 놓아버리기 위해 노력하면 할수록 더 빨리 효과를 보게 될 것이다.

샨티데바의 말처럼, "수련을 통해 수월해지지 않는 것은 세상에 없다." 가슴이나 배에서 우러나는 진짜 웃음을 웃을 수 있을 때, 닫혀 있던 문들이 모두 열린다. 그러면 그대는 광대가 직업인 사람처럼, 다른 사람을 웃기면서도 자신에 대해서는 심각한 그런 사람이 되진 않을 것이다.

소녀들은 자주 깔깔거릴 수 있다는 점에서 엄청난 행운을 누리고 있다. 진정한 깔깔 웃음, 불안이나 자의식의 그림자가 없는 깔깔거림은 마음을 토닥여주는 마사지와 같다. 그 깔깔거림을 통해 우리는 삶에 깃들어 있는 기쁨과 연결된다. 깔깔거림이며, 웃음,

그리고 나이든 사람이 배꼽이 흔들릴 정도로 웃을 때 내는 소리 "하 하 하" 같은 것들이 우리가 이 짧은 생을 너무 심각하게 여기지 않을 수 있게 도와준다.

⌀ 삼사라가 어떻게든 더 나아질 거라고 기대하지 말자

아무리 상황이 최악인 것 같아도, 최악이니 이제부터는 조금이라도 나아질 거라고 기대할 근거는 없다. 모든 것은 쉼 없이 돌아가는 삼사라의 바퀴 중 일부분이다. 생로병사는 피할 수 없다. 그리고 우리는 여드름을 짜는 모습이든 늙어감을 두려워하는 모습이든 거울 속의 우리 모습에 그냥 무심할 수는 없다. 하지만 인생의 어떤 시기에서든 유머감각을 가질 수는 있다.

병을 앓게 되었다고 자신이나 다른 사람에게 성질부리고 짜증낼 일이 아니다. 유머감각이 있다면 즐겁게 앓을 수도 있다. 그리고 삶의 마지막 순간에조차 진정한 유머감각과 함께 기쁨으로 지난 생애를 돌아보며 죽음을 맞을 수도 있다. 왜냐하면 우리는 삼보를 만났고, 수행자가 되었으며, 잠깐이라도 마음의 본성을 보았기 때문이다. 일체의 생각과 감정이 허망함을 보았고, 지나치게 심각해하면 우리가 애써 노력한 모든 일이 무산될 수도 있음을 잘 안다.

산만한 생각들이 정말로 해체되는 곳 어디서나 해방이 보인다. 어지러운 생각들이 좌로 돌고 우로 돌고 원을 그리며 돌더라도 생각은 그저 생각일 뿐이다. 생각은 수행과 유머감각을 통해 해체되며, 생각 너머에 이르는 것은 멋진 일이다. 하지만 생각 너머까지는 가지 못한다 해도 초월의 영감을 얻는 것만으로도 훌륭하다. 유머감각을 가지기만 하면 산만하고 두서없는 생각이며 감정들이 그 자체로 멋지다. 우리는 그런 생각과 감정들을 노인네가 아이들이 뛰노는 모습을 지켜보며 즐기듯 즐길 수 있다. 그렇게 즐기다 보면 생각들이 있는 그대로의 본 모습을 드러낸다.

이것이 우리가 수행에서 바라는 바다. 불교도의 길을 가는 우리는 수행의 모든 단계에서 진리를 찾으려 애쓰지만 결국엔 세상 만물을 있는 그대로 놓아둠으로써 진리에 도달한다. 흔히 말해지듯 명상은 복잡하게 정형화되지 않을수록 좋다. 호수의 물은 휘젓지 않을 때 훨씬 맑다. 그냥 내버려두라는 말이다.

3장

세상에서
우리 자리 찾기

.

.

.

.

에고의 목표는 정체성의 유지다.

하지만 복잡한 세상에서 우리 노력으로 유지할 수 있는 건 별로 없다.

그래서 우리의 평정은 쉽게 흔들리고 낙담하기를 반복한다.,

내면이 동요하면 우리는 세상과 단절되어 있다고 느끼고, 만나는 것마다 두렵다.

깨달음에 대한 가능성은 온 우주에 가득하지만.

그 길을 가기로 결정할 사람은 오직 그대뿐이다.

그대는 다른 무엇이 될 필요가 없다

우리는 세상 안에서 자신의 자리를 찾느라고 아주 많은 시간을 쓴다. "나는 무엇이 될까? 내 인생의 의미는 뭘까? 나는 어디에 속해 있나?"하고 늘 의식적으로 생각하진 않을 것이다. 하지만 마음의 미세한 수준에서 우리는 늘 자기 자리를 찾기 위한 몸부림을 계속한다. 태어나서 성장하고 그저 평균적인 삶을 살다 죽기를 원하는 사람은 없다. 누구나 삶에서 의미를 찾고 싶어 한다. 뭐라도 좋으니 목적의식을 갖고 싶은데 그게 뭔지 모를 뿐이다. 자신의 진정한 목적을 알지 못하면 의지에 따른 행동은 있을 수 없다.

그러는 동안, 삶의 유지 자체가 절박한 문제가 된다. 생존에 필요한 일을 하느라 정말 악전고투하게 될지도 모른다. 생존이 우리의 유일한 관심사가 되면 동물들로부터 생존에 필요한 영감을 얻고 싶어 하기도 한다. 어떤 동물이든 생존을 위한 일 만큼은 아주 잘 해낸다. 그렇지 않은가? 하지만 어떤 동물에게서 생존의 지혜를 얻는다 해도 그것이 삶의 진짜 의미나 목적을 발견하는 데는 아무 도움이 되지 않는다. 뿐만 아니라 사회에 적응하기 위해 받아들여야 하는 수많은 규칙과 규제들도 삶의 의미나 목적 발견에는 전혀 도움이 안 된다. 사회 관습을 받아들여 선입견을 만들게 되면 인생의 목적을 찾기 위해 멀리 보는 일이 불가능해지기 때문이다.

물론 에고의 관점에서라면 살아남아 사회적으로 성공한 지위를 얻는 것이 삶의 목적이다. 하지만 생존이나 성공이 오래 유지되는 행복이나 만족을 줄 리가 없다. 권력, 부, 명성을 얻는 일과 같은 특정 상황에 의존해서만 존재가 유지된다고 보는 에고의 계획에 놀아날 뿐이다.

예를 들어 인기는 흠모하는 팬의 존재에 의지할 수밖에 없다. 하지만 사람들의 관심은 이 장소에서 저 장소로, 문화와 문화, 집단과 집단, 개인과 개인으로 끊임없이 바뀐다. 한 맥락에서 우리는 사람들이 떠받드는 스타일 수 있지만, 다른 상황에서 우리의 재능과 지위는 아무것도 아닌 것이 된다. 그러니 명성이나 인기를 유지하려 애쓰는 한 절대로 자유로워질 수 없고 지속적인 행복을 누릴 수도 없다.

에고의 근본적인 계획은 정체성의 유지다. 하지만 멈추는 일 없이 계속 변화하는 복잡한 세상에서 우리 노력으로 유지 가능한 게 뭐가 있겠는가? 우리의 생각과 감정조차도 쉴 새 없이 변한다. 그렇게 쉬 변하는 기준점 때문에 우리의 평정은 쉬 흔들리고 낙담하기를 반복한다.

내면이 동요하면 우리는 무엇을 해야 할지도 모르고 이 세상 어디에 속해있는지도 모르게 된다. 만나는 것마다 다 두렵다. 이런 지옥 같은 혼란은 에고에 의해 창조된다. 이토록 심한 혼돈의 아수라장에서 벗어나지 않고, 어떻게 있는 그대로의 우리 참 모습을 찾을 수 있겠는가!

∅ 삶을 단순화하기

불법의 가르침은 우리를 '정체성identity' 확인을 위한 에고의 몸부림에서 벗어나게 하고, 다른 존재들을 이롭게 하는 더 큰 비전을 가리켜 보인다. 한 순간이라도 다른 존재를 이롭게 하겠다고 생각하면 에고의 폭력으로부터 벗어날 수 있다. 그 생각으로 인해 자기중요성이 감소되기 때문에 가능한 일이다. 이것이 법에 따라 구도의 길을 가는 우리의 가장 깊은 의지다. 자기중요성이 줄어들면 삶이 쉬워지고 아주 단순해진다.

삶을 단순화하라는 말은 찬장에 든 것을 다 비워내서 구세군에게 갖다 주라는 뜻이 아니다. 목적에 대해 분명한 의지를 가지라는 것이고, 살아가고 마음 쓰는 방식을 목적에 맞게 하라는 것이다. 어떤 의미에선 의지와 목적에 따르는 것 역시 하나의 틀이고 맥락이지만, 에고의 믿기 어려운 세계에 근거를 둔 것이 아니라는 게 중요하다. 자기중요성을 줄이려는 갈망과 존재를 이롭게 하겠다는 열망은 법의 맥락 안에 있다. 이런 맥락 속에 사는 삶이야말로 우리의 가장 깊은 의지와 함께 하는 삶이다. 그럴 때 삶은 깜짝 놀랄 정도로 단순해진다.

법의 맥락 안에서 일하기는 쉽지 않다. 에고와 동일시하는 습관에 물들어 있는 우리에게 에고의 좌절은 심한 충격이고 고통이기 때문이다. 그러나 조만간 자기중요성이 몰락하고 안도감과 만족감이 따라온다. '에고 밑으로 들어가기'보다 '에고 위로 솟아오름'에 따라 원기가 회복됨을 느낄 수 있다. 혼란이 가라앉고 온전한 평화가 밀려온다.

이 일을 겪은 사람은 극적으로 변한다. 완고하고 경직된 사람이 좀 더 개방적이고 합리적인 사람이 된다. 잘난 체하던 사람이 함께 일하기 즐거운 사람이 된다. 오만하던 사람은 자신을 낮추고 양보하는 행동을 한다. 안전에 문제가 없다고 느끼면 세상에는 싸우고 집착할 일이 없다. 있는 그대로의 우리면 됐지 다른 무엇이 될 필요도 없다. 결국 우리는 자신의 삶을 진정으로 소유하게 되고 이 세상에서 자기 자리를 찾게 된다.

이 시점에서 우리는 인간의 몸으로 태어난 일의 소중함, 카르마, 무상함과 죽음, 그리고 삼사라의 고통 등, 법을 숙고하는 일 이상으로 즐거운 일이 없음을 알게 된다. 우리는 조건화된 존재의 진실을 사실적으로 맛볼 수 있는 한편, 법의 자유를 맛볼 수도 있다. 삼사라 속에서 고통 받는 다른 존재들에 대한 연민과 자비심이 저절로 일어난다. 원인도 모르고 고통 받는 일체의 존재가 한시 바삐 그 고통에서 벗어나기를 기도한다. 우리가 내면 깊이 이런 기도를 간직할 때 보살의 서원이 탄생한다.

∅ 홀로 있기

다른 존재들을 이익되게 하는 일에 집중할 때, 우리의 태도와 삶에 접근하는 방식이 변한다. 자기중요성을 밝은 빛 속에 드러내 해체하고 싶은 열망을 느낀다. 더 깊이 꿰뚫어보고 진리에 다가가고 싶다. 대단한 사람–설사 그게 보살일지라도–이라도 된 양 돌아다니는 것보다 수행이 더 중요하게 느껴진다. 많은 경우 이런 갈망은 홀로 있고 싶어 하는 욕구로 표현된다.

친구나 가족, 흥미있어 하던 일들이 이제는 더 이상 매력적이지 않다. 좀 더 많은 시간 홀로 있고 싶다. 자기 마음을 좀 더 가까이 지켜보고, 얼마나 왔는지를 보며 홀로 있고만 싶다. 홀로 있음이 우리의 최우선 과제가 되고 자유와 평화로 가는 길이 된다.

속해 있던 사회, 관계로 얽힌 세상을 벗어나야 할 때가 있다. 더 깊이 수행에 몰입하고 가르침에 대해 더 큰 확신을 얻어야 할 시기인 것이다. 그런 때는 잡다한 일에 신경 쓰지 않고 수행할 수 있는 조용한 장소를 찾을 필요가 있다.

홀로 있음은 마음에 일말의 쓸쓸함과 슬픔을 일으킨다. 혼자서 나무들과 바람, 새, 개미, 그리고 다른 야생의 동물들과 함께 있으면, 자연스럽게 더 깊이 자신을 돌아보게 된다. 의미 있는 일이 무엇인지에 대한 견해가 폭넓어질수록 쓸쓸한 느낌도 깊어진다. 역설적인 느낌도 생긴다. 일상의 생활 속에서 좌충우돌 바쁘게 살 때보다 혼자서 고요히 앉아 있을 때, 세상으로부터 훨씬 덜 단절되어 있다고 느껴지기도 하는 것이다.

이 쓸쓸하고 낯선 느낌에 강한 매력을 느끼는 사람도 있고, 도망치고 싶은 충동을 느끼는 사람도 있다. 어느 경우든 우리 마음 안에 있는 슬픔을 음미하는 일이 중요하다. 이 슬픔은 평소에는 부산스러운 일상에 가려져 있던 훨씬 심오한 지성知性이 있음을 알려주는 단서다. 홀로 있을 때, 그간 거의 잠들어 있던 마음의 본래 능력이 잠을 깨고 솟아난다. 주변에서 자연의 아름다움을 찾아내는 한편, 에고의 협소한 초점 너머에 감사하고 음미할 것이 얼마나 많은지 깨닫게 된다. 그리고 미친 듯 설쳐대며 사는 삶이 얼마나 무의미한지를 사무치게 느낀다.

이제까지 아주 중요하게 여겨왔던 번잡스런 일들이 훨씬 덜 중요해지거나 무의미해진다. 세속의 잡다한 일들이 우리를 즐겁게 하기는커녕, 모으고 지키는 일에 악착같이 매달리게 만들었고, 그 끝없는 다망함으로 우리의 지성을 속박했음을 알게 된다. 고독한 은거 속에서 우리는 자신의 지성을 훨씬 가치 있게 쓸 수 있다. 지성을 이용해서 생을 이익되게 하는 진실을 성취하는 것이다.

홀로 시간을 보내면 뻔뻔스럽고 세속적인 마음을 부술 수 있는 여러 가지 긍정적 특성을 갖게 되고 그 특성들 모두가 고통을 벗어난 참된 행복과 자유의 원천을 가리킨다. 이 특성을 발휘하는 것이야말로 우리가 태어날 때부터 갖고 있는 본연의 권리다. 우리의 확신이 깊어감에 따라 법은 기쁨이 된다. 환하게 뿜어지는 빛처럼 법은 개아심과 혼란스런 세상을 밝힌다. 이보다 나은 피난처가 있을까?

∅ 참된 정체성, 참된 초점

삶의 목적은 자기self, 에고로서의 '자아'가 아니라 모든 생명 있는 존재들의 참 성품인 자기 자신을 돌보는 것이다. 이 사실을 인정함으로써 우리는 우리가 이 세상에 사는 진짜 목적을 알게 되고 이 세상에서의 참된 우리 자리를 찾을 수 있다.

우리의 진실한 정체성으로부터 삶을 대하는 진정한 초점이 생겨난다. 우리 삶의 참된 초점은 다른 존재들을 이롭게 하겠다는 서원이다. 여기서 상황이나 맥락은 문제가 되지 않는다. 우리는 어디서든 자신에게 진실하기 때문이다. 우리는 굳이 동행자를 찾지 않아도 마음속의 동료의식과, 문파, 삼보를 즐길 수 있다. 그리고 우리에겐 '특별한' 관계가 필요치 않다. 모든 존재와 동류의식을 느끼기 때문이다. 이제 우리는 삶을 의미 있게 만드는 참된 초점을 발견했으니 모든 살아있는 존재들의 안녕이 그것이다.

우리 마음을 에고가 만든 제한 너머로 확장함으로써 우리는 이 세상에서 자신의 자리를 찾아낸다. 이렇게 해서 우리는 우리의 가장 깊은 의지와 부합되는 행위를 하게 된다.

늘 깨어 있어라,
꿈꿀 때조차

진정한 명상은 마음을 지켜보는 것이다. 마음을 지켜보는 것이 우
리의 수행이고 가는 길이다. 깨어서 활동할 때, 잠잘 때, 꿈꿀 때의
마음을 지켜봄으로써 우리는 많은 의문에 답을 얻을 수 있다.

예를 들어, 왜 우리들 대부분은 몽롱하고 기운 없는 상태를 느끼
며 잠에서 깨는 걸까? 아무리 좋은 날에도 우리는 상쾌하고 또렷
한 의식 상태로 깨어나는 일이 드물다. 꿈꾸는 동안에도 계속해서
개념화된 마음의 추진력에 사로잡히기 때문이다.

'최초의 순간'이란 느낌으로 깨어나기 위해서는 우리의 세상을
사는 방식이며 마음과 연결되는 방식을 바꿀 필요가 있다. 망상의
힘에 구속당하는 일이 없으면 우리는 깨어있을 때나 잠들었을 때

나 현재에 존재할 수 있으며, 그렇게 맥빠진 느낌으로 잠에서 깰 일이 없어진다.

온 우주가 끊임없이 변화하는 것이 당연한 사실이라면, 왜 대부분의 시간 우리에게는 온갖 사물과 사건이 그리도 '낡아' 보이기만 할까? 너무 진부하게만 느껴지니 되풀이되는 년, 월, 주, 일에 대해 구역질이 난다. 너무 진부한 느낌 때문에 우리 자신을 비롯해서 우리가 하는 일이며, 먹고 입는 것들을 향해 토하고만 싶다. 매 순간의 신선함을 보지 못하니 이런 권태가 온다. 권태로운 느낌은 어제는 이미 가버렸다는 사실을 잊을 때, 오늘은 새로운 날이며 순간순간 변하고 있다는 사실을 잊을 때 생긴다. 매 순간의 신선함을 보지 못하면 그때부터 우리 태도는 진부해진다. 태도는 우리가 취하는 자세와 관련이 있다. 태도는 달콤한 느낌이나 시큰둥한 느낌, 행복감, 우울한 느낌 따위가 마음속에 일어날 때, 그에 대해 우리의 가슴을 열거나 닫는 방식이다. 우리는 스스로도 알아차리지 못하는 습관적 태도를 많이 갖고 있다. 습관적 태도는 정신적 수다나 갖가지 감정적 갈등에 쉬 굴복한다. 정신적 수다는 단지 표면을 떠돈다. 정신적 수다를 그치는 것은 책을 한 권 꺼내서 읽기 시작하는 것만큼 수월할지도 모른다. 하지만 그 바탕에 깔린 태도나 감정적 경향성은 알려지지 않은 채로 남는 경우가 많다.

예를 들어 나는 자신이 특별하다는 태도를 강하게 지닌 채 승가에 들어오는 학생들을 꽤 많이 보았다. 그들은 공동체의 일원으로 행동하지만, 다른 사람들과의 관계, 가르침을 대하는 방식, 수행 방식 같은 것들을 통해 자신이 특별한 존재라는 태도를 드러낸다. 그들은 자주 다른 사람들과 갈등하거나 고립된다. 이런 태도가 사라지려면 시간이 좀 필요하다. 일단 학생이 이런 태도의 원천을 분명히 보기만 하면 승가가 제공한 특별한 기회에 진심으로 감사하는 태도가 생겨난다.

생기 없는 태도는 마음의 미묘한 프로그래밍에 의한 것이다. 생기 없는 태도는 모든 것을 마음의 '파일'에 저장함으로써 감탄이나 신선함의 감각을 미리 차단해 버린다. 그대는 아무것도 진심을 기울여 살펴보고 받아들이지 않는다. 그것이 무엇이고, 어떻게 작동하고, 무슨 뜻인지를 이미 알고 있다고 생각한다. 자신이 이미 호기심을 잃었고, 아마도 삶을 당연한 것으로 여기고 있으리라는 사실도 알아차리지 못할 것이다.

∅ 완전히 다른 날

새롭기 그지없는 삶의 특성을 보느냐 못 보느냐는 경험이 긍정적이냐 부정적이냐와는 아무 상관이 없다. 모든 경험이 좋은 영국산

차 한 잔 같을 수는 없지만, 어찌됐든 그렇기를 기대할지도 모른다. 링에 오르는 파이터는 유쾌한 경험을 기대하지 않는다. 파이터는 싸움을 예상할 뿐이다. 마찬가지로 우리는 카르마가 어떤 일을 불러오든 그것을 미리 예상할 수 있다. 이런 관점을 가지면 마음의 프로그래밍과 생기 없는 태도가 해체된다.

이 프로그래밍의 많은 부분–모든 정보와 생존 기술 등은 두려움에 바탕을 두고 있다. 우리는 주류문화 속에서 생존하는 법을 배우기 위해, 유치원부터 각급 학교, 대학, 직업학교에 보내진다. 생존 기술을 배움에 따라, 우리는 세상 속에서 어떻게 움직여야 하는지에 관해 확고한 결론을 만들어 간다. 이런 방식으로 개아심은 우리의 생존을 지원하는 방향으로 프로그램된다.

우리가 프로그래밍으로부터 자유로워지기 위해서는 불변하는 마음의 진실한 본성을 경험해야 한다. 마음의 근본 성품 중에는 명료하고 분별력 있는 지성이 있다. 그 아는 성품은 개방적이고, 호기심 많고, 집착에서 자유로우며, 프로그램된 선입견에 끄달리지 않는다. 그래서 어떤 변화에도 유연하고 민첩하게 적응할 수 있다. 어릴 때부터 우리가 갖고 있는 개방적이고 호기심 많은 마음이 그것이다.

호기심은 경험을 재료로 근본 진리를 향한 불꽃을 피워낸다. 삶을 습관적으로 흘려 보지 않고 있는 그대로 마주하면 삶의 본질을 인식하게 된다. 그러면 아침에 잠에서 깨는 일이 전혀 달라진다. 우리는 저절로 펼쳐지는 하루에 대해 깨어난다. 새로운 날에 대해 어떤 성급한 결론도 내리지 않기에, 우리에겐 좀 더 많은 이완의 여지가 생긴다.

이는 우리가 무상함을 관찰하거나 마음 챙김 수행에 몰두하느라고 너무 바빠서 세상살이에 필요한 기능을 할 수 없다는 뜻이 아니다. 마음 챙김이 생활에 한껏 스며든다는 뜻이다. 일, 요리, 산책, 사교 등 어떤 행위를 하든 우리는 그 모든 일을 개방적이고 참신한 자세로 대하게 된다. 그리고 이렇게 해서 우리가 줄곧 바라던 질적으로 완전히 달라진 날을 맞는다.

∅ 꿈의 재료

대개 우리는 잠으로 하루를 마감한다. "오늘은 이만" 하고는 잠 자러 가는 것이다. 그러나 우리가 꼭 잠을 자야만 한다는 생각은 잠의 본질과 아무런 관계가 없다. 잠은 삶에 부과된 의무처럼 보인다. 그런데 그 잠이 불안으로 얼룩지는 경우가 허다하다. 잠들 수 있을까? 혹은 밤새 잠 못 들어 뒤척이다가, 신문을 읽고, 불을 껐다 켰다 하면서 날밤을 새게 될까? 침실로 갈 때마다 불안이 생겨난다.

낮 동안의 생활이 바뀌면 잠자는 것도 달라진다. 잠은 깨어 있는 낮의 지속이기 때문이다. 낮 동안 우리는 바깥세상에서 해가 뜨고 짐에 따라 계속해서 변하는 명암과 빛깔, 풍경의 변화를 경험한다. 우리는 낮 동안에야 마음에 가해지는 감각 자극을 피할 수 없지만, 밤에는 자극들을 차단할 수 있으리라 기대한다. 하지만 자는 동안에도 마음은 여전히 깨어있다.

우리가 처음 잠에 떨어질 때, 낮 동안의 경험은 사라진다. 우리는 "땡"하는 소리와 함께 생각 없는 무의식 혹은 아알라야식의 바닥을 때린다. 이는 아주 중요한 자연의 과정이다. 설사 아주 멋진 경험일지라도 깨어있는 동안 경험의 무차별 포격을 당했으니 아알라야식 안에서 불을 끄는 것은 만족스런 변화다. 그렇게 해서 우리는 다시 젊어진다. 감각 자극에 대응하느라 고갈되었던 에너지가 다시 채워진다.

누구나 이러한 경험을 한다. 낮 시간 중의 몇 초 간, 혹은 최대 5분을 넘지 않는 깊은 낮잠은 온 밤 내내 잔 것보다 강력하다. 아알라야식의 바닥을 치면 몸과 정신의 에너지가 순식간에 회복된다. 하지만 우리는 수시로 꿈을 꾸게 되고 꿈이 시작되면 다른 세계에 있게 된다.

인간은 다른 세상을 발견하기 위해 망원경을 쓸 필요가 없다. 꿈의 세계는 깨어서 보는 세계와는 전혀 다른 규칙에 따라 작동한다. 꿈의 세계는 외적으로 감각 지각의 측면에서 다르고, 내적으로는 마음과 연결되는 방식이 다르다.

꿈속에서 우리는 평소와 같은 형상으로 존재할 수도 있고 아닐 수도 있다. 꿈에서는 중력과 같은 자연의 물리법칙에 구애받지 않는다. 깨어있는 삶에서는 할 수 없는 온갖 일을 할 수도 있고, 그렇게 해볼 용기가 없을 수도 있다. 꿈속의 모든 상황에서도 우리는 자신을 관찰할 수 있다.

⌀ 깨어있거나 잠들거나

꿈은 자연발생적이며 '특수 효과'로 가득하다. 우리는 이 같은 꿈속의 경험을 감상할 수도 있고, 낮 동안 경험에 적용하던 습관적인 태도를 갖고 꿈속의 경험과 연결될 수도 있다. 불길한 꿈 때문에 걱정하기도 하고, 좋은 꿈에 지나치게 집착하기도 한다. 환상이란 것을 아는 꿈에 이렇게 집착한다면 깨어있을 때의 경험에 대해서는 오죽할 것인가?

반면 이완한 채로 아무 편견 없이 감상한다면 꿈은 오락처럼 재미있다. 영화관에 갈 필요도 없다. 그냥 잠들기만 하면 된다.

깨어있거나 잠들어 있거나 우리 마음의 핵심 성품은 동일하게 유지된다. 이런 관점에 따르면 잠들었을 때 꾸는 꿈과 매일의 생활이라는 꿈 사이에는 다른 점이 없다. 둘 다 같은 원천, 비어 있는 자각으로부터 생겨난다. 마치 두 켤레 신을 갖고 있는 것 같다. 낮동안 신는 신과 꿈꾸는 동안 신는 신. 우리는 양쪽을 차별 없이 즐긴다.

자각의 공통된 기반으로부터 '첫 순간'의 신선함이 생겨난다. 개념적인 마음의 견고하고 답답한 울타리에서 해방될 때 이 신선함을 경험할 수 있다. 그런 후엔 세상이 부드러워지기 시작하고, 우리는 우아하고 기품 있게 삶의 사건들 사이를 움직일 수 있다.

우아하고 품위 있는
사람이란

자기중요성에 빠져 있는 사람보다 더 어색하고 생경한 존재는 없다. 그리고 자기중요성을 초월한 사람보다 더 우아하고 품위 있는 사람도 없다.

자연스러운 우아함과 품위는 아름다움, 지성, 예의를 개발하고 익힌다는 일반적 의미에서의 '세련된' 사람과는 관계가 없다. 젊음이나 부, 사회적 지위의 유지와도 상관이 없다. 그런 식의 세련됨은 자기중요성에 근거하기에 집착을 바탕으로 하는 것이며, 사회의 관습적 가치를 반영하고, 세상에 보여주기 위한 자아 이미지의 끊임없는 조정을 필요로 한다. 그런 세련됨은 절대로 우리 내면의 갈등, 어색함, 불안을 해결할 수 없다.

자연스러운 우아함과 품위는 내면의 결단으로부터 생겨난다. 우리는 삶의 도전에 직면해서 집착을 놓아버릴 때 내면적 결단을 하게 된다.

⌀ 우아하게 나이 먹기

인생의 여정에서 우리가 만나게 되는 가장 커다란 도전이 늙고, 병들고, 죽는 것이다. 어느 시점에선가는 몸을 놓아버려야만 한다. 아무리 애를 써도, 우리 몸의 젊음과 건강, 체력을 붙잡아 놓을 방법은 없다. 몸에 집착하게 되면, 자연적으로 일어나는 사건인 늙음과 병, 죽음과 갈등하게 된다. 그리고 젊음을 붙들기 위해 몸부림치느라 우리에게 허용된 모든 시간과 에너지, 돈을 낭비한다. 화장품, 비타민제, 운동 같은 것은 심하게 집착해서 사용하지만 않는다면 별로 해될 것이 없다. 우리의 개아심이 뭐라도 붙들기 위해 안달할 때 삶의 우아함과 품위는 물 건너간다. 사실 이렇게 급변하는 시대에 우아하게 늙는다는 것이 쉬운 일은 아니다. 문화, 전통, 환경이 줄곧 악화되며 쉴 새 없이 변해가는 격정적인 세상에서 우아하게 늙을 수 있는 여지가 있기나 할까? 어떻게 하면 이 삶 속에서 우아함과 품위를 위한 시공간을 찾을 수 있을까?

예전에 노년기는 편히 쉬는 시기였다. 나이가 들면 평범하면서도 진실해질 수 있는 여유가 생겼었다. 이런 평범함은 아주 심오한 것이다. 자연스러운 우아함과 품위가 이 심오한 평범함에서 생겨난다. 하지만 빠르게 돌아가는 현대 세계에서는 나이 많은 사람들이 공공장소에서 쉬고 있는 모습을 보기 어렵게 됐다. 노인들은 요양원에 밀어 넣어지고, TV시청이며 운동, 그 밖의 여러 프로그램을 강요당하며 계속 바쁜 일상을 보낸다. 이제 노인이 의자에 앉아 눈빛을 반짝이며 세상을 바라보는 모습을 보기는 어렵다.

우리는 우리 부모 세대에 비해 훨씬 빠른 속도로 살고 있으며, 더욱 급격한 변화를 겪고 있다. 나이 드는 일은 점점 더 힘든 일이 되어가고 있다. 정말이지 이제 우리에게는 늙을 시간이 없거나, 우아하고 품위 있게 될 여유가 없다. 이렇게 생각해 보면, 삶 속에 법을 갖는 것이 얼마나 소중한 일인지를 사무치게 느끼고 감사해야 마땅하다. 수행과 자기반조를 통해 우리는 내면의 힘과 행복을 키울 수 있지 않은가 말이다.

⌀ 놓아버리는 수행

우리들 누구에게나 놓아야 할 집착이 있다. 외부 대상에 대한 집착도 있고, 내면의 철학적이고 심리적인 집착도 있고, 죽음을 피하고 젊음을 유지하려 애쓰는 일처럼 아주 근본적인 고민거리로서의 집착도 있다. 그대에겐 그런 집착이 없다고 생각할지 모르겠다. 하지만 적절한 환경을 만나면 그대 역시 다른 사람과 마찬가지로 그런 집착의 노예가 될 것이다.

집착을 놓아버리기 전에는, 우리는 정말이지 우리에게 일어나는 일에 관해서만 신경을 쓴다. 우리가 복권에 당첨된다면 흥분할 것이다. 다른 사람이 당첨된 경우에는 흥분할 일이 없다. 집착이 놓여지면 우리는 정말 누가 복권에 당첨되든 상관하지 않는다. 그런 일이 이 세상에서 일어난다는 사실만으로 행복하다. 다른 사람의 성취와 기쁨을 해와 달, 하늘, 구름을 즐기는 것과 마찬가지로 즐긴다.

그런 행운을 가진 사람이 따로 없고, "그게 왜 내 것이 아니란 말인가?"와 같은 느낌도 없다. 왜냐하면 우리는 아무것에도 집착이 없고, 이 세상과 세상 가운데 있는 모든 것은 우리 마음의 현존에 따른 아름다운 장식과 같기 때문이다.

군주이기 때문에 겪게 되는 온갖 갈등, 유혹, 책임, 근심, 고통을 한 번도 해소해 본 적이 없는 왕을 상상해 보자. 그는 완고하고 경직된 사람이 되고, 그의 왕국에 있는 아름다운 자연 자원과 인간의 성취를 전혀 즐기지 못하는 상태가 될 것이다. 하지만 만약 마음에

맺힌 것이 없는 걸인이나 방랑시인이 그의 왕국에 있다면 어떨까? 그 걸인이나 방랑시인은 마음의 현존을 드러내는 사람이고, 왕국에 있는 갖가지 풍요로움을 즐기며 나라 안을 여기저기 여행할 것이다. 그러니 우리가 누구이고 무엇을 갖고 있건 간에, 정말 중시해야 할 일은 집착을 놓고 마음이 현존할 수 있는 여유를 갖는 것이 아니겠는가?

놓기 위해 이해해야 할 가장 중요한 사실은, 집착은 실체 없이 공허한 의식에 불과하다는 것이다. 집착을 마음의 공간을 꾸며주는 장식물로 간주하면 집착이 일어나는 대로 놔두기도 쉽고 떠나보내기도 훨씬 수월하다. 모든 것이 다 실체 없는 의식으로부터 일어난다는 사실을 인식하고, 일어난 것 모두를 그냥 원래 일어났던 자리로 돌아가게 하자. 이렇게 하면 집착과 갈등은 저절로 해소된다. 이것이 집착을 다루는 요령이자 집착으로부터 마음을 해방시키는 가장 심오한 방법이다.

이 수련은 아주 평범하고 대단하달 것이 없다. 우리는 기분이 좋아지기 위해서나 삶을 정당화하기 위해서 수행하는 것이 아니고, 다른 사람과 다르거나 누구보다 우월하게 되기 위해 수행하는 것도 아니다. 존경받기 위해 수행하는 것도 아니고, '유식한' 사람이 되기 위해서 수행하는 것도 아니며, 사람들에게 어떻게 살라고 지시하기 위해 수행하는 것도 아니다. 우리는 내면의 갈등이나 집착을 놓아버리기 위해 수행한다. 내외의 대상을 향한 집착, '자아'에 대한 집착을 모두 놓아버리기 위해 수행하는 것이다.

놓아버림은 아주 심오한 수준의 평상심을 가져온다. 딜고 켄체 린포체나 달라이 라마 성하 같은 위대한 스승들에게서 우리는 그들의 현존으로부터 뿜어져 나오는 엄청난 우아함과 품위를 본다. 몸이나 말, 마음에 어설픈 구석이 없다. 자아 이미지에 대한 집착이나 자기를 중요시하는 마음이 전혀 없기 때문이다. 그런 분들도 차를 따르다가 쏟을 수 있다. 하지만 그분들의 세계에 어설픔은 없다. 마음 안에 어설픔이 없기 때문이다.

반면에 우리는 차를 쏟게 되면 엄청나게 어색해 할 것이다. 일이 마땅히 어찌돼야 한다는 식의 심한 집착이 없다면, 우리 내면의 갈등이 어색함과 당황으로 표현될 리가 없다. 그러면 우리는 차를 쏟는 일이 있더라도 한결같이 우아하고 여유 있게 차를 따르게 된다.

많은 시간 잠을 자는 스승들도 있다. 하지만 그들은 우울함을 풀기 위해 잠자는 것이 아니다. 그들의 수면은 우아함과 품위의 표현이다. "이것은 수행이고 저것은 수행이 아니다"라는 식의 생각은 없다. 수행과 수행 아닌 것을 구분하는 선은 완전히 투명해져서 없는 거나 마찬가지다. 스승들의 우아함과 품위는 그들이 어디서 무슨 일을 하거나 간에 그들 마음의 현존을 반영한다.

∅ 마음의 현존

자유로워진 마음은 단순하게 존재한다. 우리는 더 이상 좋으냐 나쁘냐, 옳으냐 그르냐, 삶이냐 죽음이냐를 두고 다투지 않는다. 우리는 법의 수행이나 다른 무엇을 통해 우리 마음을 다른 형태로 만들려고 애쓰지 않는다. 삶이 좋거나 나쁘거나, 바르거나 그르거나, '법에 맞거나' 아니거나 상관없이 단지 그 삶을 즐기기 위해 마음을 현재에 존재하게 한다. 우리는 세상과 주위 사람들로부터 커다란 즐거움을 얻으면서 우아하고 당당하게 세상을 활보한다.

집착을 내려놓고 마음을 풀어놓는 능력은 수행과 이해의 결과로 얻어진다. 이 성취는 평범한 경험을 넘어서며 비범하기 짝이 없는 것이다. 하지만 우리는 이 길을 홀로 걷는 게 아니다. 셀 수 없이 많은 존재들이 우리보다 먼저 이 길을 갔고, 헤아릴 수 없이 많은 사람들이 계속해서 이 길에 들어설 것이다. 우리가 자신을 특별하게 생각한다면 이 길이 지향하는 목적 일체가 무산되고 만다.

마음이 현존하면 우리는 삶의 도전에 직면해서도 편안한 이완과 걸림 없는 내면의 자유를 느낀다. 활달하고 자연스런 내면에서 솟아나는 우아함과 품위는 수행자의 삶을 평가할 수 있는 표지標識다.

누구나 수렁에 빠질 수 있다

생활 속에 명상 수행을 정착시키면 언제나 행복할 것이고 무슨 일이나 술술 풀릴 거라고 생각할지 모른다. 맞다. 그럴 수 있다. 하지만 우리들 대다수는 구도의 길을 가는 중에 여러 어려움과 마주친다. 위대한 스승들의 자서전을 보면 그분들 모두가 역경과 고난, 절망을 헤쳐 갔음을 알 수 있다. 그분들은 역경과 고난을 수행을 심화하는 기회로 활용했고, 내면에 숨은 보물을 찾기 위해 수행을 밀어붙였던 것이다.

앞서 가신 스승들처럼 우리에겐 역경에 굴하지 않는 용기가 필요하다. 그런 용기가 없으면 삼보에 대한 신뢰와 존경을 잃을 수 있고, 낙담한 나머지 더 깊은 수행으로 들어가는 것을 포기할 수도 있다.

우리 대부분은 삼사라에는 믿고 의지할 데가 없다는 걸 볼 능력이 있기에 수행의 길에 들어선다. 삼사라는 우리가 소망하는 영원한 행복과 안녕 대신 고통만을 만들어낸다. 우리 가슴이 가르침에 공명하는 이유는 가르침이 행복과 고통의 문제를 바로 가리켜 보이기 때문이다. 가르침에 공감하는 우리는 좀 더 깊이 나아가기를 열망한다. 우리는 행복의 씨앗인 보리심에 따라 행하게 되기를 바라며, 스승과 삼보에 대한 헌신이 깊어지기를 간절히 바란다.

하지만 간절히 바라는 감정이 생겨나지 않을 때 그대에게 무슨 일이 일어날까? 헌신 대신 단절을 느낀다. 자비심 대신 자기몰입의 수렁에 빠진다. '깨어있는' 느낌 대신 무미건조함과 무기력함만이 느껴진다. 인정받고 있다는 느낌이 사라지고 무시당하는 느낌만 들고, 평화롭기는커녕 엄청난 동요를 느끼는 시간이 대부분일 때 그대에겐 무슨 일이 일어난 걸까?

이런 느낌에 지배당하게 되면 그대는 자신이 뭔가 잘못하고 있다고 생각하거나, 법이 아무 효과가 없다고 결론 내릴 수도 있다. 그런 생각을 계속하다 보면 수행의 길을 가는 다른 사람들을 의심하게 되고, 법이니 수행이니 하는 것 모두가 커다란 속임수요 날조라고 결론짓게 된다. 그리고 그대는 이 한계를 초월할 가능성은 전혀 없다고 생각하게 될지도 모른다. 하지만 좀 더 창조적으로 법을 생활에 통합하기만 하면 대부분의 문제를 극복할 수 있다.

∅ 우리 내면의 자원 활용하기

창조적으로 된다는 말은 법의 지혜를 삶에 적용하는 자기 나름의 방법을 찾아낸다는 뜻이다. 법이 우리를 변화시켜주기를 기대하기보다는 우리 자신의 아는 성품에 의지한다는 말이다.

곤경을 만났을 때 우리는 자신도 모르고 있던 내면의 자원을 활용하게 되기도 한다. 상대적으로 풍요롭지 않은 사회에서 사람들은 자기 자신의 힘과 자원만으로 삶의 기본적 욕구를 해결해야 되는 경우가 많다. 물건이 망가지면 스스로 고칠 방법을 찾아내야 한다. 내가 자랐던 인도의 마을에서도 이런 일이 흔했다. 예를 들어 어떤 사람은 플라스틱 병으로 기도 바퀴를 만들었다. 전기제품이 고장나면, 그들은 이렇게 저렇게 실험해 보고 어떤 식으로든 문제를 해결했다. 때로 위험할 수도 있지만, 사람들은 어쩔 수 없이 내면의 지성과 창조성을 활용해야 한다. 달리 방법이 없다. 개인적인 방식으로 법을 삶에 통합하는 일도 마찬가지다.

물론 우리는 법의 기본 원칙을 이해해야 한다. 하지만 법과 생활을 어떻게 통합하고 개인화할 것인지가 관건이다. 법의 기본 원칙을 이해하면 다른 사람들이나 환경과의 창조적 연결이 가능하다. 어떤 상황에서도 우리는 "무엇이 효과적일까?"를 자문해야 한다. 가장 도움 되고 이익 되는 가르침의 적용 방식은 무엇일까? 그런 다음 그대가 할 수 있는 일이 뭔지를 보라. 어려운 환경에 법을 적용할 때는 특히 더 창조적이 되라. 중국 공산당이 티벳을 침공했을 때 많은 수행자들이 수감되었고, 그 중에는 20년 동안이나 고문을 당한 사람도 있다. 많은 수행자들이 이 어려운 상황을 수행을 심화하고 고양시키는 데 활용했다. 이보다 더 창조적인 일이 있을까? 그대가 일을 다른 방식으로, 그리고 법에 따라 행할 때 그대는 자신은 물론 다른 사람들에게도 영감을 주는 사람이 될 수 있다.

동부 티벳으로부터 들려온 이야기가 있다. 중국 병사가 처형할 승려들을 줄 세우고 있었다. 사격이 시작될 찰나, 한 승려가 소리쳤다. "모든 중생들의 고통을 제가 지고 가게 해 주시기를. 나 자신과 다른 사람들의 부정적인 카르마를 내가 없앨 수 있기를." 목격자의 말에 따르면 그 승려는 전혀 두려운 빛이 없이 완벽한 고요함으로 죽음을 받아들였다고 한다.

모든 노력이 헛되어 보이는 상황, 삶의 마지막 순간에까지도 우리는 자기 내면의 자원에 접근할 수 있다. 그리고는 그 자원을 활용해서 상황을 변모시킨다. 그러는 것이 바로 창조적인 마음의 힘이다.

✎ 내면의 지성은 결코 궁지에 빠지는 일이 없다

우리 대부분은 영적인 길에 연결되어 있다고 느끼기를 갈망한다. 일반적으로 말하자면 우리들 누구나 기분 좋은 상태를 원한다는 것이다. 실제로 수행에 깊이 연결되어 있다고 느끼게 되면 우리는 흥분해서 그 느낌을 유지하려 노력한다. 그 느낌이야말로 제대로 나아가고 있다는 증거인 것만 같다. 하지만 느낌은 일시적이며 결국 사라지고 만다.

반면에 수행이 지지부진하고 따분하기만 하면 우리는 그런 마음의 상태에 붙잡혀 꼼짝 못하는 것처럼 느낀다. 그렇지만 우리가 궁지에 빠져 있다는 것을 아는 성품 그 자체는 궁지에 빠지지 않는다. 그러니 우리에겐 선택의 여지가 있다. 내면의 아는 성품과 동일시할 수도 있고, 일시적인 생각이나 느낌과 동일시할 수도 있는 것이다.

우리가 자신을 생각과 느낌에 동일시하면, 생각과 느낌들이 이치에 맞고 옳은 것처럼 보인다. 생각과 느낌이 옳다고 여겨지는 이유는 그것들이 '내 것'이기 때문이다. 생각과 느낌이 자기중요성에 뿌리를 두고 있을 때는, 설사 그것이 수행과 연결되기를 기원하는 것처럼 고상한 생각일지라도 우리를 속박하게 된다.

하지만 본연의 아는 성품은 결코 속박당하는 일이 없다. 우리가 본연의 아는 성품을 쓸 때는 어떤 문제에 부딪히든 창조적으로 반응할 방법이 무한하다. 이것이 법을 개인화하는 방법이다.

예를 들어 다음번에 수행과 단절된 느낌이 들 때는 보리심을 깨워보라. 이렇게 하면 자기몰입 상태에서 벗어나서 자동적으로 다른 사람들과 연결된다. 혹은 그대의 마음이 부정적인 생각에 의해 방해받는다면, 일체 존재의 무상함과 인간으로 태어난 일의 소중함을 깊이 생각해 보라. 그런 긍정적 생각이 수행을 이어갈 수 있게 해준다. 또한 경전 공부, 특히 공관空觀을 공부하는 쪽으로 방향을 바꿀 수도 있는데, 그런 공부는 우리의 더 깊은 지성을 가로막는 장애를 깨끗이 청소하는 강력한 방법이다. 그대가 바란 적도 없는 단절의 느낌을 그냥 내버려 두면, 결국에는 그로 인해 기진맥진한 상태가 될 수도 있다.

명심해야 할 중요 사항은 연결이 끊어진 듯 느끼는 자체는 문제가 아니라는 점이다. 아주 심한 고통은 그런 느낌에 대한 반응으로부터 온다. 위대한 인도의 대성취자 틸로빠는 제자인 나로빠에게 이렇게 말했다. "아들아, 너를 속박하는 것은 현상이 아니라, 그 현상에 대한 너의 반응*이니라. 그러니 반응을 없애거라, 나로빠야!"

---

* 티벳어로 쩬빠(zehn pa). 대개 이 단어는 '집착'으로 번역된다. 하지만, 이 단어는 집착뿐만 아니라, 혐오, 금지, 질시 등등 집착의 행동적인 측면도 가리킨다. 그래서 여기서는 '반응'으로 번역하였다.

∅ 깨달음으로 가는 티켓

우리가 구도의 길을 가며 경험하게 되는 어려움과 도전, 절망이 깨
달음으로 가는 티켓이 될 수 있다. 그런 고난과 절망이 우리 마음
을 좀 더 깊게 이해할 수 있게 해주기 때문이다.

고난이 없으면 우리의 이해를 넓히고 인격을 깊어지게 하는 마
음의 여러 측면을 알 기회를 놓치게 된다. 그리고 자신이 직접 고
난을 경험해서 알게 될 때만 진정으로 다른 사람들의 기쁨과 괴로
움에 공감할 수 있다. 자기반조를 통해 우리를 위협하는 마음의 모
든 측면을 남김없이 밝히지 않으면, 우리는 늘 마음이 우리를 속박
한다고 지레짐작하게 된다. 마음의 여러 측면이 갖는 환영적이고
마법 같은 속성을 다 경험할 방법은 없다. 하지만 마음에 그런 속
성이 없으면 우리는 원래부터 갖고 있는 자원의 보고인 근본 지성
을 더 깊이 탐구할 필요성을 간과하고 말 것이다.

자신에게 닥치는 고난을 소중히 여기고 고맙게 생각하면, 수행
은 언제나 가능하다. 우리가 단절감을 느낄 때조차 늘 영적인 구도
의 길에 연결되어 있을 것이다. 무슨 일이 일어나든 우리는 그 일
을 수행에 활용하고 감사할 수 있다. 플라스틱 병으로 기도 바퀴를
만드는 것과 마찬가지로.

✎ 수행에 생기 불어넣기

법은 우리가 창조적으로 될 수단과 방법을 제공한다. 하지만 수행과 관련한 창조적 작업에는 시간과 노력이 든다. 참을성을 갖고 개아심과 함께 앉아 있는 데도 시간이 필요하다. 그리고 영적인 일에 법을 적용하기 위해 노력한다는 생각은 생소하게 느껴지기도 한다. 우리는 그저 우리가 꾸준하고 한결같이 수행하기만 하면, 모든 몸부림과 혼란이 저절로 해결될 거라고 믿고 싶다. 그렇지만 마음을 최대한 열고 전력을 다해 몰입하지 않는다면 무엇이 변하겠는가?

열려 있고 깨어있지 않으면 수행에서 비롯되는 축복은 우리와 상관이 없고 변할 것은 아무것도 없다. 열린 마음으로 열심히 노력할 때 우리는 법을 아주 창조적인 방식으로 삶과 통합할 수 있다. 이렇게 해서 수행에 생기가 불어넣어진다.

세상은 이미
마법 같은 일로 충만하다

마음과 현상세계가 그토록 흥미로운 이유는 둘 다 고정되어 있지 않기 때문이다. 마음과 현상계는 상호의존적이기에-그래서 둘 다 독립적이고 고유한 성품 없이 비어있다- 꼭 같이 유동적이며 창조의 가능성도 엄청나다. 본질적으로 견고하거나 안정된 것은 아무것도 없다는 사실을 이해하면, 삶과 죽음의 경험은 더 이상 우리를 위협하지 못한다. 그럴 때 삶과 죽음은 그저 놀이 공원의 탈것에 더 가까워 보인다.

무지無知만이 유일한 장애다. 무지는 우리로 하여금 사물을 견고하고, 안정되고, 절대적인 것으로 보게 만드는 원인이다. 실상 견고하고 안정되고 절대적인 사물은 없다. 그럼에도 우리는 카르마

의 씨앗이 익어 그에 따른 세계가 출현하면, 참고 견디는 것 말고
는 달리 선택의 여지가 없다고 생각한다. 우리는 마음의 씨앗과 성
향이 법에 의해 정화될 수 있다는 사실을 잊어버린다.

무지가 법에 의해 극복될 때, 우리는 더 이상 습관적인 성향에
속박당하지 않으며, 카르마도 더 이상 만들어지지 않는다. 우리 마
음은 확장되고 세계를 그 안에 품을 수 있다. 세상은 우리 마음의
일부가 되고 마음은 현상계의 일부가 된다. 그리고 우리는 우주와
마음이 하나인 경험에 아주 가까워진다.

마음과 세계를 극한까지 경험함에 따라 우리는 마음과 세계가
깨달음을 위한 엄청난 힘과 무한한 가능성을 갖고 있음을 실감한
다. 삼사라의 수준에서도 모든 것을 드러낼 수 있는 잠재력이라면,
깨달음의 차원에서는 얼마나 더 대단하게 표현될지 짐작하기도
어렵다. 우리는 언제라도 마음만 먹으면 이 위대한 가능성을 이해
하고 실감할 수 있다.

⊘ 마법, 힘, 그리고 축복

깨달음이 꼭 거창하고 기적적인 형태로 일어날 필요는 없다. 그런
식의 깨달음이 생긴다 해도 그 깨달음이 고통을 겪고 있는 개아심

에 아무 효과가 없다면 무슨 소용이겠는가? 세계는 이미 마법 같은 일로 충만하다. 한없이 맑고 푸른 하늘에 느닷없이 구름이 몰려오고, 천둥 번개가 치고, 텅 비어 있던 하늘에서 비가 내린다. 하지만 우리는 이런 것을 마법이라 생각하지 않는다. 그건 그저 심상한 날씨일 뿐이다. 그리고 깨달은 존재가 마법처럼 굉장한 일을 행하더라도 개아심이 그에 대해 열려있지 않으면, 깨달은 존재의 마법은 우리에게 날씨만큼도 효과가 없다.

부처님과 보살님들의 축복은 자기몰입에서 벗어난 후에만 경험된다. 마음에 내재하고 있던 잠재력이 움직여 드러나면, 이축복의 힘이 우리의 마음과 환경을 변형시킨다. 한 때 전혀 '좋을 것 없었던' 일들이 다음 순간 건강하고 유익한 것으로 변한다. 그리고 겉보기엔 재앙이 분명한 상황이 실제로는 우리 마음과 본래 성품에 대한 이해를 깊게 해주기도 한다.

믿고 의지하는 마음을 내면, 시방 세계 부처님들의 깨달은 마음이 온 우주를 싸고 있는 것이 보인다. 그 깨달은 마음의 빛은 삼라만상 어디에나 스며든다. 그리고 무한히 교묘한 방편을 통해 중생을 이익되게 하는 일을 쉬지 않는다. 깨달은 마음은 무지의 제약을 벗어났기에 작위함이 없이 일한다. 영겁이 찰나가 되고 찰나가 영원이 된다. 스스로 모든 것을 이해하지는 못하더라도, 마음을 열기만 하면 우리는 더 큰 관점을 신뢰하고 우리를 내맡길 수 있다.

세계에 대한 우리 경험이 이렇게 커지면, 다른 사람들이 우리를 어떻게 생각하고 무슨 말을 하는지는 더 이상 문제가 아니다. 우리는 이 세계 속에 우리가 있을 자리가 어디인지를 정확히 안다. 굴속에서 혼자 쐐기풀 죽을 먹을지라도(티벳의 아름다운 수행자 밀라레빠의 얘기다—옮긴이) 우리는 세계와 그 세계 내의 모든 것, 그리고 그 세계 너머 모든 세계들의 장대함과 풍요로움에 완벽하게 연결된다. 우리는 현재에 연결되는 것과 마찬가지로 과거와 미래에 연결되는 것을 느낀다. 일체가 다 하나로 연결되어 있음을 봄에 따라 우리의 삶이 활짝 열리고 현상계에서 엄청난 행복과 안녕을 느낀다. 이렇게 되기 위해서는 믿음과 신뢰가 필요하다.

수행의 모든 차원에서 자기 자신을 믿고 신뢰하는 것이 아주 중요하다. 삼보와 제불보살님들과 여러 위대한 존재와 인연을 맺게 된 그대는 행운이 넘치는 존재다. 얼마나 많은 존재들이 석가모니 부처님의 명호를 들어라도 보았겠는가? 그리 많지 않다. 얼마나 많은 존재들이 문수사리와 관세음보살과 금강역사, 구루 린포체와 타라의 이름을 들어보았겠는가?* 그들의 명호만을 듣는 데도

---

* 석가모니 붓다는 현세의 역사적인 부처님이다. 그는 샤카족의 왕자로 태어났다. 샤카무니(Shakyamuni)란 말은 "샤카족의 성인"이란 뜻이다. 문수사리(Mañjushri)는 지혜의 보살이며 붓다를 보위하는 8대 협시보살 중의 한 분이다. 문수보살은 지혜의 칼을 높이 들고 있는데, 그 칼은 모든 무지를 끊어낸다. 관세음(Avalokitesvara)은 자비의 보살이며 역시 8대 협시보살 중의 한 분이다. 관세음보살은 티벳에서 가장 대중적으로 숭상되며, 티벳 지역이 그의 보호를 받고

영겁의 공덕이 필요한데, 그들 중의 한 분을 알게 되고 연결된 공덕을 말로 할 수 있겠는가? 이런 행운을 가졌으면서도 감사할 줄 모르고 믿지 못한다면 그보다 슬픈 일이 어디 있을까? 그러니 이 기회를 이용하라. 그대에게 엄청난 이익됨이 있을 것이다.

◎ 유산 되찾기

법의 길에서 얻는 결실은 결국 우리 자신의 엄청난 가능성에 대한 깨달음이요 실감이다. 이는 마치 영겁의 세월 동안 집 없이 떠돌며, 배고픔과 목마름, 가혹한 날씨에 시달리던 왕자나 공주가 마침내 자신의 왕국을 발견하는 것과 같다.

그대가 바로 수백만의 존재가 떠받드는 왕가의 혈통을 타고난 왕자, 혹은 공주다. 그대는 왕국을 되찾을 소중한 기회를 얻을 수 있다. 왕국을 되찾으려면 그대는 우선 그대가 물려받은 품성과 힘

있는 것으로 믿어지고 있다. 금강역사(Vajrapani)는 깨달음의 힘과 능력의 화신이며, 깨달은 존재의 자비가 직접적이고 단호하게 드러나는 분노의 형상으로 자주 묘사되는 보살이다. 구루 린포체(Guru Rinpoche)는 파드마삼바바(Padmasambhava)로 알려져 있는 위대한 스승으로, 9세기 티벳에 소승과 대승을 망라한 모든 심오한 불법의 가르침을 전했다. 그래서 구루 린포체는 티벳 불교 전체를 통틀어 가장 중요한 존재다. 타라(Tara)는 자비의 여성적 측면을 나타내는 화신이며, 모든 붓다의 어머니로 간주된다. 타라는 도움을 청하는 사람에게 신속하게 응해준다고 알려져 있다.

부터 깨달아야 한다. 그 다음엔 더 적은 무지, 그리고 더 많은 예리함과 지성을 간절히 소원해야 한다. 붓다로부터 전해지는 정신과 품성, 용기를 갖게 되면 그대는 붓다의 과위에 이를 것이다. 그렇게 먼 길이 아니다. 삼사라와 달리 붓다가 되는 길은 원인과 조건에 의해 생겨나는 게 아니다. 붓다가 되는 길은 항상 그대 안에 존재한다.

부디 이 말들을 마음에 새기고 점검해 보기 바란다. 부처님은 말씀하셨다. "내가 한 말을 금 세공장이 금을 시험해 보듯 점검해 보라. 내가 한 말을 내가 했다는 이유만으로 받아들이지 말라." 모든 것을 점검하라. 의무감이나 의심에 따라 점검하지 말고 열린 마음으로 점검하라. 점검 결과 어느 정도 말이 되고 그대의 삶에 의미를 주고 이익됨이 있다면, 그것을 창조적으로 적용하라. 그대 삶에 조금이라도 도움이 된다면 나는 한없이 기쁠 것이다. 이것이 나의 유일한 의도이자 바람이다.

스승 딜고 켄체 린포체를 마지막으로 뵈었을 때, 린포체는 말씀하셨다. "가능한 한 많은 사람들을 위해 가르침을 베풀도록 노력해라. 그러면 너는 다른 사람에게 이익이 되는 사람이 될 것이며, 네 인생을 낭비하지 않게 될 것이다." 그러니 내가 한 얘기 중에 말이 되는 얘기가 있다면 제발 마음을 열고 받아들이시기 바란다. 그대는 모든 것을 이해할 필요도 없고, 전부 다 마음속에 받아들일 필요도 없다. 하지만 무엇 하나라도 그대가 받아들인 것은 정말로 그대 삶에 변화를 가져올 것이다.

깨달음의 잠재력은 온 우주에 가득하고 우리 모두를 위해 존재한다. 진실한 이익은 그대 자신의 노력과 깨달음으로부터 온다. 그대의 노력이 이익을 가져올 수 있도록, 그대는 자신의 삶을 스스로 결정해야 하며 그대의 마음과 경험을 검토해봐야 한다.

이런 관점에서 아무도 그대 자신 만큼 그대에게 친절할 수는 없다. 그대가 자기 스스로를 위해 노력하는 것보다 더 그대에게 영향을 줄 수 있는 사람도 없다. 부처님은 말씀하셨다. "나는 그대들에게 해방의 길을 보여주었다. 이제 해방되고 안 되고는 그대들에게 달려있다." 진실로 그렇다. 그대의 삶을 스스로 결정하지 않는다면 부처님조차 그대를 어쩔 수 없다. 모든 것이 그대에게 달려있다.

사만타바드라, 바즈라사트바, 바즈라다르마여(사만타바드라는 보현보
살, 바즈라사트바는 지금강불, 바즈라마드라는 금강법으로 한역된다-옮긴이)

마음을 이어온 법맥의 스승들이시여, 모든 것을 상서롭게 하소서.

가랍 도르제, 만주스리미트라, 스리 싱가, 즈나나수트라, 비말라
미트라, 파드마삼바바-상징을 이어온 법맥의 많은 스승들이시여,

저를 당신의 가호와 자비와 지혜로 보호하소서.

법왕 치송 데첸과 그 아드님, 바이로차나 주님의 위대한 통역자,

다키니들의 우두머리, 위대한 지복至福의 여왕,

청문聽聞 법맥의 스승들, 염주에 있는 진주,

당신의 지혜로운 마음의 가호를 베푸소서.

이 말법시대의 두 번째 부처이신, 롱첸파,

직메 링파, 키엔체 왕포, 법의 군주이신 잠괸 콩튈,

금욕하시는 파튈, 위대한 보물의 발견자 초귀르 링파,

본사와 종문의 모든 스승들이시여,

제 가슴 한가운데 가호를 내려주소서.

향기의 주님 키엔체, 세상의 유일한 눈眼,

전능한 군주 텐진 가쵸, 세상의 고유한 수호자,

잠양 도르제, 세상의 법의 스승,

그리고 세상 모든 흠결로부터 자유로우신 모든 스승들이시여,

당신들의 지혜를 싸고 있는 자비심으로 저를 지켜봐 주시고, 자애로 저를 호념하소서.

저처럼 우둔하고 혼란에 빠진 사람, 그냥 먹고, 자고, 쌀 줄밖에 모르는 게으른 몸이

어떻게 성스러운 법을 누구에게 소개할 수 있겠습니까?

제가 과거생에 지은 공덕이 그리 적지 않았음이 틀림없습니다.

사람 몸으로 당신들 모든 지혜안을 갖추신 부처님을 만났기에,

그리고 당신들이 가르치신 의미를 공부할 행운이 있었기에,

그래서 제 스승의 명에 부합하는 청정한 의지와 함께,

어머니 중생들을 돕기 위해 제가 말하려고 애썼던 것이 무엇이든,

저는 이 작은 책 속에 그 비슷한 것을 만들었습니다.

누구라도 그것을 보고, 듣고, 생각하는 만큼

점차로 당신들 모든 부처님의 제자가 되고,

저절로 두 겹의 목표 이뤄져서, 완전한 깨달음 얻어지이다.

찌가 콩튈 직메 남곌이 쓰고,

존 가티가 영문으로 번역하다.

194

Dilgo Khyentse. Enlightened Courage. Ithaca, N.Y.: Snow Lion, 1993.

Dilgo Khyentse. The Heart Treasure of the Enlightened Ones. Boston: Shambhala Publications, 1992.

Khunu Rinpoche. Vast as the Heavens, Deep as the Sea: Verses in Praise of Bodhicitta. Boston: Wisdom Publications, 1999.

Patrül Rinpoche. The Words of My Perfect Teacher. Boston: Shambhala Publications, 1998.

Chögyam Trungpa Rinpoche. Training the Mind and Cultivating Loving-Kindness. Boston: Shambhala Publications, 1993.

망갈라 슈리 부티는 존경하는 스승 찌가 콩튈 린포체의 가르침을 따르는 티벳 불교 조직이다. 망갈라 슈리 부티에서는 찌가 콩튈 린포체와 법맥 전승자들이 이끄는 불교 입문과정과 고급과정을 제공한다.

　이 책은 콩튈 린포체가 매주 "사적인 연결고리"를 통해 가르친 내용을 토대로 한 것이다. 이 가르침들은 웹이나 전화를 통해 들을 수 있다. 그대는 표준 CD나 mp3 CD에 담긴 콩튈 린포체의 가르침이나 대중 세미나를 신청할 수도 있다. 정보가 더 필요하면 우리의 웹을 방문하기 바란다. 거기서 콩튈 린포체의 강의 시간표도 얻을 수 있다.

　더 많은 정보를 얻고 싶으면 아래 주소로 연락하면 된다.

In Colorado:

Mangala Shri Bhuti

P.O. Box 4088

Boulder, CO 80306

(303) 459-0184

In Vermont:

Pema Ösel Do Ngak Chöling

Study, Contemplation, and Meditation Center

322 Eastman Crossroad

Vershire, VT 05079

(802) 333-4521

On the Internet:

www.mangalashribhuti.org

이 책이 나올 수 있게 도와준 모든 이들에게 깊은 고마움을 표한다. 내용과 논리의 흐름을 내 의도에 맞추기 위해 전심전력을 기울인 아내 엘리자베스Elizabeth에게 감사한다. 헬렌 베를리너Helen Berliner에게 특히 감사드린다. 이 프로젝트에 엄청난 관심과 노력을 기울인 그녀의 예리함과 명석함, 그리고 뛰어난 영어 구사 능력에 감사한다. 사샤 마이어로위츠Sasha Meyerowitz와 베른 미츠너Vern Mitzner에게도 많은 감사드린다. 그들은 아주 오랜 시간 동안, 아주 많은 지식과 생각을 이 책을 만드는 데 쏟아 부었다. 나는 또한 이 프로젝트의 초기에 녹음을 글로 옮기느라 애쓴 망갈라 슈리 부티 센터Mangala Shri Bhuti Center의 여러 회원들께도 감사드린다. 그리고 이 프로젝트의 마지막 단계에서 주의 깊게 원고를 검토해준 샴발라 출판사의 에밀리 바우어Emily Bower에게 감사드린다. 교정을 담당한 트레이시 데이비스Tracy Davis와 축원문을 멋지게 번역해준 존 칸티John Canti에게 고마움을 전한다.

모든 것이 그대에게 달렸다

초판 1쇄 | 2014년 3월 17일

지은이 | 찌가 콩튈 린포체
옮긴이 | 장은재
펴낸이 | 김성희
펴낸곳 | 맛있는책

책임편집 | 안은주
마케팅 | 정범모
경영지원 | 설효섭

출판등록 | 2006년 10월 4일(제25100-2009-000049호)
주소 | 서울 서초구 반포동 47-5 낙강빌딩 2층
전화 | 02-466-1278
팩스 | 02-466-1301
전자우편 | candybookbest@gmail.com

ISBN : 978-89-93174-46-5 03890